Monsieur Antoine

Du même auteur

De la part d'Hannah, Robert Laffont, 2014. Le Livre de Poche, 2020.
L'Abbaye blanche, Bragelonne, 2016.
Lucky Losers, Albin Michel, 2017.
Sème la mort, Bragelonne, 2017.
Tous pour elle, French Pulp, 2019.
L'Homme qui voulait devenir psychopathe, French Pulp, 2019.
Que Dieu lui pardonne, XO Éditions, 2021. Pocket, 2022.
Mathilde mélodie, XO Éditions, 2023.

Laurent Malot

Monsieur Antoine

roman

XO ÉDITIONS

ISBN : 978-2-37448-569-0

1.

— Alors, toi aussi, Victor, tu as fini par vendre ?

— On voulait se rapprocher des enfants. Dans trois mois, on est partis.

Un long silence s'abattit autour de la table. En ce milieu du mois d'août, le verre que les sept clients réguliers partageaient chez Suzie, la brasserie qui leur servait de QG depuis qu'ils étaient à la retraite, s'annonçait comme l'un des derniers avec l'ancien jardinier.

Pour beaucoup, ça n'était pas une surprise. En entrant, Clément, l'ami de cinquante ans, n'avait pas poussé la porte de la même manière que d'habitude. C'était infime, pas dans le geste, mais dans l'intention. Comme chez les vieux couples, ils n'avaient plus besoin de parler pour savoir qu'il se passait quelque chose de sérieux.

La Bretagne plutôt que la Dordogne, l'Hérault ou Ouarzazate-Chantiers, cela ne faisait aucune différence. Un repas d'adieu, comme chaque fois que l'un d'eux quittait Jarlieu, des coups de fil au début, via FaceTime pour ceux qui savaient s'en servir, puis des mails qui iraient en s'espaçant. Jusqu'au jour où l'un ou l'autre recevrait un faire-part de décès et s'excuserait de ne pas pouvoir venir à l'enterrement. Ils n'allaient plus se revoir, un point c'est tout.

Victor et Marie n'étaient pas les premiers à quitter le quartier de Saint-Ambroise. Depuis un an, ils étaient vingt-huit couples à avoir vendu. La plupart restaient à proximité de Jarlieu, mais d'autres tiraient un trait sur la région. Rien ne semblait pouvoir stopper l'hémorragie. Il fallait se résigner, accepter l'énergie qui manquait pour rénover des maisons plus aussi pimpantes qu'aux premiers jours. C'était toujours un crève-cœur, une partie de chacun qui s'en allait.

— On a fait notre temps ici, comme on dit, tenta de dédramatiser Victor. Faut pas être nostalgique, on s'en va tous un jour.

— On s'en va les pieds devant parce qu'on n'a pas le choix, objecta Clément. Quand on est encore vivant, c'est pas pareil.

— Je sais bien, mais regarde comme ça s'est délabré. C'est plus les maisons qu'on a construites quand on avait vingt ans, c'est tout du vieux, comme nous. Qui est-ce qui a encore envie de vivre à Saint-Ambroise ?

Victor était désolé d'enfoncer le clou. La vie fuyait le quartier comme l'eau d'une baignoire percée. Il n'y avait rien pour colmater et bientôt plus personne ne se souviendrait que, dans les années 1970, sur les douze hectares qui n'avaient pas encore pris le nom de Saint-Ambroise, des familles s'étaient entraidées pour bâtir quatre-vingts maisons. Chacun avait mis ses compétences au service de la collectivité : maçons, plombiers, électriciens, charpentiers, et d'autres qui n'y connaissaient rien, mais qui avaient œuvré pour que tout le monde ait la maison qui lui ressemble. L'aventure aux allures d'utopie avait créé des liens forts. C'était une communauté qui s'était installée là. Les enfants avaient grandi ensemble, joué les uns chez les autres, s'étaient épaulés pour affronter les rudesses de l'adolescence. Ils s'étaient bagarrés, aimés, parfois mariés. Tout le monde savait les joies et les drames vécus chez les voisins. Il y avait les grincheux, les sanguins, les passionnés, de droite ou de gauche, les sportifs et les intellectuels. Un sociologue y aurait trouvé le vivier idéal pour écrire sa thèse sur le vivre-ensemble. Rien, pourtant, n'empêchait le délitement. Chaque départ creusait un peu plus le sillon du temps qui passe, et tous ne vivaient pas la situation de la même façon.

— Comment tu vas faire, toi qui n'aimes pas la mer ? demanda Clément comme s'il pouvait faire revenir Victor sur sa décision. Ici, tu as le Jura, tu connais la montagne mieux que tout le monde. Où est-ce que tu vas grimper, en Bretagne ?

— Bientôt, je ne pourrai plus galoper. L'envie est là, mais le corps suit plus, tu sais ce que c'est.

— Non, je sais pas. Tout ça, c'est dans la tête. Qu'est-ce que ça fait si on a mal aux genoux ou qu'on bande plus comme avant ? On prend plus de temps pour faire les choses, mais on les fait quand même. C'est la volonté qui manque, et c'est pas en partant à l'autre bout du pays qu'on va la retrouver !

L'émotion était trop grande pour Clément. Il avait parlé plus fort et ses yeux avaient cligné nerveusement plusieurs fois. Il attendait une prise de conscience, un regain d'énergie ou un miracle de dernière minute, comme un cœur qui se remet à battre après s'être arrêté. Victor ne sut pas comment rassurer son ami.

— Alors, c'est comme ça que ça va finir, railla Clément en se levant. On va tous partir les uns après les autres, abandonner ce qu'on a bâti de nos mains. Tu veux que je te dise, Victor, t'auras beau être près de tes enfants et de tes petits-enfants, ça changera pas que tu vas bien t'emmerder en Bretagne ! Tu les verras une fois le week-end et même pas pendant les vacances parce qu'ils iront autre part. T'auras plus goût à rien et tu regretteras Saint-Ambroise et les copains. Seulement, ce sera trop tard, il y aura pas de billet retour. Ça vaut pour toi et ça vaut pour les autres. Réfléchissez bien avant de vendre vos maisons, réfléchissez à ce que vous laissez et que vous ne retrouverez nulle part. J'm'en vais, tiens ! Ça me fait trop mal au cœur de voir ce que vous êtes devenus !

Personne n'osa le retenir. Seul le bruit des verres que Suzie, la patronne, essuyait donnait un semblant de vie à la brasserie. On pouvait tourner le problème dans tous les sens, la fin était inéluctable. Dans l'ombre, Delannoy, promoteur peu scrupuleux, attendait son heure, envoyant régulièrement ses commerciaux flairer chez les habitants l'envie de partir. Ils étaient seulement trois à avoir mis une annonce sur Leboncoin. En six mois, deux n'avaient eu aucune offre et on n'avait pas de nouvelles des Pinel, partis louer un mobil-home en Vendée en attendant de vendre. D'après les rumeurs, à l'automne, tous se résigneraient.

— Moi, je te comprends, dit Norbert. Tu as l'occasion de bouger, tu la saisis, personne n'a à te juger. Demain, Clément viendra payer son coup, s'excusera, et on repartira comme avant.

Les autres semblaient d'accord. L'incident n'était pas le premier, le ton montait facilement avec Clément.

— Et où est-ce que vous repartirez comme avant ? les apostropha la patronne.

Le débat n'était pas clos. Suzie avait ouvert sa brasserie en 1976, l'année de la sécheresse, et ne l'avait plus quittée. Son appartement se situait au-dessus – pratique pour qui commence tôt et termine tard ses journées. Elle ne s'était jamais mariée et connaissait chacun, surtout les hommes, mieux que quiconque. À l'aube, elle leur avait servi le café et les croissants ; au déjeuner, des omelettes et des salades fermières, sa spécialité ; le soir, elle avait écouté leurs histoires jusqu'à pas d'heure, noyant leurs malheurs à coups de blanc cassé, de cognac ou de génépi. Certains avaient même fait un saut à l'appartement quand il n'y avait pas d'autre moyen de retrouver goût à la vie. Si elle avait quelque chose à dire, Suzie ne se dérobait pas. L'âge avait érodé son caractère, mais il valait mieux se méfier de l'eau qui dort.

— On continuera à venir boire un verre ici, répondit finalement Norbert, puisque c'était à lui que s'adressait la question.

— Jusqu'à ce qu'il n'y ait plus personne parce que vous aurez tous vendu vos maisons. Par curiosité, qui d'entre vous a déjà fait estimer la leur par Delannoy ?

Quelqu'un aurait perdu son dentier sur la table que la gêne n'en aurait pas été moins grande. Comme dans une partie de poker, chacun se jaugea du regard, hésitant à dévoiler son jeu.

— C'est bon, les gars, j'ai compris. Vous savez tous combien vous empocherez, mais pas quand vous sauterez le pas, c'est ça ?

— Ça ne coûte rien de se renseigner et ce n'est pas pour ça qu'on va vendre, tenta Jérôme, ancien vendeur de télévisions.

— Vous n'avez pas l'intention de vendre, mais vous vous renseignez sur le prix de votre maison. C'est drôle parce que moi, je n'ai jamais laissé quelqu'un de chez Delannoy entrer ici ! Je ne sais pas combien vaut ma brasserie et je m'en fous, vous savez pourquoi ? Parce que je serai la dernière à partir. Je vous regarderai vous débiner les uns après les autres. Vous partirez tous parce que, comme a dit Clément, vous vous comportez comme des vieux. Dans vos têtes, ça marche en charentaises et ça mange du potage même le dimanche. Tous les jours, je vous entends vous plaindre des genoux, des lombaires, des oreilles et même parfois du transit qui fait des siennes. Ah, ils font rêver, les papis de Saint-Ambroise ! Qu'est-ce que je vous sers, messieurs ? Une grenadine ?

L'avalanche était passée, mais une autre pouvait suivre.

— Il y a aussi la mairie qui ne fait rien pour le quartier, reprit Victor. Il y a surtout qu'on ne se sent plus en sécurité. Ça fait trois fois, cette année, que Joachim se fait racketter. Quand il en aura marre, il fermera son épicerie et personne ne reprendra après lui. C'est le dernier commerce qu'on a. Et Saint-Ambroise sans épicerie, c'est plus Saint-Ambroise.

Suzie connaissait le problème pour y avoir été confrontée et ne trouva rien à dire. Elle sentit une lourdeur au niveau des jambes et des épaules. Il n'y avait qu'un seul moyen d'y remédier, le métier le lui avait appris.

— Génépi pour tout le monde, c'est ma tournée ! Et pas de « j'ai mal à l'estomac » ou « je vais pisser toute la nuit » ! C'est mon neveu qui le fait, celui-là, rien que du naturel !

Personne n'eut envie de discuter ses ordres et les verres se remplirent et se vidèrent dans la foulée. Victor fit signe de refaire les niveaux et les langues recommencèrent à se délier. Le sujet était remis à plus tard, nul doute qu'il s'inviterait à table dès que quelqu'un vendrait sa maison, ce qui, au rythme où allaient les choses, ne prendrait pas des semaines.

2.

Quelques jours plus tard, en ouvrant ses volets à l'aube, comme à son habitude, Francis Bernier sentit qu'il se passait quelque chose. Les rues étaient calmes, aucun voisin n'était encore réveillé, mais, il en était sûr, un détail clochait.

— Martine, viens voir !

Martine Bernier, soixante-douze ans, avait horreur d'être réveillée tôt, et même d'être réveillée tout court. Pendant quarante ans, elle avait démarré son travail de factrice à 6 heures du matin et s'était juré, une fois ses trimestres validés, de ne plus jamais utiliser de réveil et de s'en remettre à la seule horloge qui vaille, la sienne, biologique. Aussi, quand Francis l'appela une deuxième fois, c'est avec un certain agacement qu'elle ouvrit un œil. Au troisième appel, l'agacement vira à l'exaspération.

— Qu'est-ce qu'il y a ?

— Viens voir, je voudrais ton avis.

— Mon avis sur quoi ?

— Viens, je peux pas te dire comme ça. Il faut que tu voies.

Qu'est-ce que Martine Bernier pouvait bien voir de plus que son mari à 6 heures du matin, c'était la seule question qui revêtait un semblant d'intérêt.

— Tu viens, oui ?

— Ça va, j'arrive.

Martine aurait pu faire en quelques secondes les trois mètres qui la séparaient de la fenêtre, mais préféra ajuster ses pieds dans ses chaussons, son peignoir sur les épaules, et même s'arrêter un instant devant le miroir de la penderie pour vérifier sa coiffure. L'objectif de tout ce manège tomba toutefois à l'eau : Francis ne montrait aucune impatience.

— Alors ? demanda-t-il lorsqu'elle l'eut rejoint devant la fenêtre.

— Alors quoi ?

— Tu ne remarques rien ?

Dehors, le soleil se levait et promettait une belle journée. La rue des Carmes et celle des Lupins étaient vides comme toujours, peut-être que la pelouse des jardins des deux maisons en vente avait poussé de quelques centimètres, voilà bien les seules réponses que Martine pouvait proposer.

— Qu'est-ce que je dois remarquer, bon Dieu ?

— Tu ne vois vraiment pas ?

— Francis, tu m'énerves ! La seule chose que je vois, c'est que tu m'as réveillée aux aurores et que si tu ne me dis pas tout de suite ce qu'il y a de si intéressant je retourne me coucher jusqu'à ce soir et tu te démerderas pour la bouffe !

L'argument dut porter, car Francis mit fin au suspense.

— La maison des Pinel. La porte qui ouvre sur le garage, dit-il pour la mettre sur la voie.

— Eh ben, quoi, la maison des Pinel ?

— Il y avait un rideau vert à l'imposte. Il n'y est plus.

C'était exact, mais Martine ne voyait toujours pas en quoi cela justifiait un réveil au petit matin.

— Il n'y est plus parce que quelqu'un l'a retiré. Et si quelqu'un l'a retiré, ce n'est pas pour rien. Pourquoi on retirerait un rideau à une imposte ?

— Francis, tu me fatigues.

— Pour emménager ! Quelqu'un a acheté la maison et va venir y vivre ! Tu vois que ça valait le coup de se lever !

Martine détestait quand Francis transformait le moindre détail de la vie quotidienne en victoire napoléonienne. Une question lui vint soudain à l'esprit.

— Juste pour savoir : dans deux heures, personne n'aura remis le rideau ?

— Ça m'étonnerait, pourquoi ?

— Parce que je me serais levée deux heures plus tard, ça n'aurait rien changé ! Sauf que monsieur n'a pas pu attendre et que, si ça se trouve, le rideau est tombé parce que la tringle ne tenait plus. Tu y as pensé, à ça ?

Plusieurs rides zébrèrent le front de Francis. L'ancien conseiller pédagogique plissa les yeux pour mieux observer l'imposte, de la même façon qu'il perçait le regard des lycéens, vingt ans plus tôt, dès qu'il subodorait une entourloupe.

— Le rideau n'a pas pu tomber ! Tu sais pourquoi ? Parce que, quand Pinel fixait une tringle dans un mur, elle pouvait tenir des siècles. CQFD, quelqu'un a acheté la maison !

— Oui, ben moi, je vais quand même me recoucher. C'est pas que j'aie envie de dormir, mais des démonstrations comme ça, il vaut mieux être allongée pour les encaisser.

À 9 heures, tout le quartier ou presque était au courant. Un pèlerinage s'était organisé jusqu'à la maison des Pinel, injoignables sur leurs portables, pour vérifier qu'il n'y avait effectivement plus de rideau à l'imposte, mais les avis restaient partagés.

— Si le rideau n'est plus là, c'est que quelqu'un est venu ?

— Jusqu'ici, ça part bien. Qu'est-ce que tu veux nous dire, Maurice ? demanda Jérôme.

Célibataire depuis que sa femme l'avait quitté dix ans plus tôt, Maurice était connu pour enfoncer des portes ouvertes. À l'instar de Clément, il montait vite dans les tours et les autres ne rataient généralement pas une occasion de l'exciter.

— Si quelqu'un est venu, personne ne l'a vu ni entendu. Sinon, on l'aurait su !

— Surtout toi qui es toujours à ta fenêtre !

— Je suis à ma fenêtre parce que je n'ai rien d'autre à faire !

Tout le monde fut rassuré : Maurice était sur feu vif, il n'y avait plus qu'à attiser la flamme sans lui laisser le temps de respirer.

— Rien d'autre que d'attendre avec tes jumelles la petite banquière sur son vélo. Elle passe quatre fois par jour, à force tu devrais connaître ses horaires !

— Et pourquoi tu retaperais pas ton vélo, d'ailleurs ? Comme ça, vous feriez un petit bout de chemin ensemble.

— Et tu verrais ses guibolles de plus près et plus longtemps !

Cela se passait toujours ainsi. À tour de rôle, chacun y allait de sa banderille, si bien que Maurice s'énervait contre tous et contre lui-même, incapable de faire le tri dans les répliques qui se bousculaient. Le jeu datait de cinquante ans, on s'amusait comme on pouvait à Saint-Ambroise. Ce matin-là marqua cependant une exception dans le calendrier de ses colères. Avec un flegme que peu lui connaissaient, il les toisa un à un et fit une réponse qui valait pour tous.

— Les gars, faut reconnaître que vous êtes super marrants quand vous vous y mettez. Seulement, s'il y a un sujet que vous devriez éviter, ce sont mes jumelles. C'est vrai que je connais par cœur les guibolles de la banquière, mais je sais aussi un tas d'autres choses qui pourraient coller une migraine à pas mal d'entre vous. Du coup, qu'est-ce qu'on fait, on poursuit dans la marrade ?

La menace jetée en l'air relevait, pour une bonne part, du bluff, n'empêche que personne ne se risqua à taquiner davantage Maurice. Le plus raisonnable était de se concentrer sur l'affaire de la matinée : la maison des Pinel avait-elle été achetée, oui ou non ?

— En tout cas, si quelqu'un a mis deux cent mille euros dans cette baraque, j'aimerais bien voir sa tête ! dit Clément, qui avait réintégré le groupe après deux jours de fâcherie.

— Combien il y a de chambres ? tenta de se rappeler Francis.

— Trois. Deux en haut et une en bas, répondit Jérôme. Je m'en souviens, je leur ai installé plusieurs télés.

— Trois chambres, ça peut vouloir dire une famille. Un couple avec des enfants, ça fait longtemps qu'on n'en a pas vu par ici. Ça apporterait un peu de gaieté !

— Faudrait pas non plus que ça braille de trop, objecta Fabrice.

— Parce que vous, vous ne braillez pas, peut-être ?

— Si, mais entre nous, ça compte pas.

Tandis qu'ils continuaient de parler pour ne rien dire, un camion apparut au bout de la rue des Lupins. Pas n'importe quel camion : un camion de déménagement. S'il existait une façon de faire taire tout le monde d'un coup, c'était bien celle-là.

— Qu'est-ce que vous faites, vous vous lancez dans le spectacle de rue ? Vous devriez mettre de la musique, ça égayerait un peu.

Ils furent trois à sursauter, les autres sentant une simple décharge d'adrénaline les parcourir. Focalisés sur le camion, ils n'avaient pas entendu Faustine Millet arriver derrière eux. Tous se sentirent idiots, mais détournèrent la tête pour ne rien rater de l'événement de la journée.

— On regarde où va s'arrêter le camion, expliqua Fabrice.

— On pense que quelqu'un a acheté la maison des Pinel, précisa Francis. Ce matin, il n'y avait plus de rideau vert à l'imposte.

Un instant, Faustine se demanda si cette dernière réplique faisait partie du spectacle – avant de livrer une information qui mit fin au suspense.

— Cette nuit, un homme est entré chez les Pinel. Il a déposé des sacs, est resté une demi-heure et est reparti. Il avait un chien, si ça vous intéresse.

Tout allait trop vite. En face, le camion manœuvrait déjà pour reculer face au garage.

— Il a dans nos âges, rapporta encore Faustine, et roule dans une vieille voiture américaine. Vu votre émotion devant un camion de déménagement, ça devrait vous faire la journée !

— Toi, ça ne te fait rien que quelqu'un vienne habiter ici ? demanda Clément.

— Étant donné que des maisons sont en vente, pas vraiment. Je serais plus étonnée qu'on vienne habiter une maison qui ne l'est pas, mais là, il faudrait appeler les gendarmes.

Clément leva les yeux au ciel, certain qu'elle le faisait exprès. Faustine avait toujours eu la dérision facile et un regard sur la vie souvent désabusé. Sans doute le fait d'avoir échappé deux fois à la mort durant l'enfance, une première dans la maison en flammes de ses parents, une autre sous une avalanche lors de vacances à la montagne, lui avait-il permis de comprendre qu'il était inutile de s'inquiéter outre mesure si tout était déjà écrit quelque part. L'arrêt cardiaque de son mari, dix ans plus tôt, après un barbecue bien arrosé, qui avait fait d'elle une des plus jeunes veuves de Saint-Ambroise, y avait contribué aussi. Ses trois enfants, une fille et deux garçons, s'étaient dispersés à une centaine de kilomètres de Jarlieu, mais gardaient un œil sur elle depuis qu'elle avait fait un malaise en pleine rue. D'après le médecin et les examens cliniques auxquels elle s'était soumise, il n'y avait pas de raison de s'alarmer. En tout cas, c'était ce qu'elle disait.

– Et comment tu sais tout ça, d'abord ? demanda Francis. Tu es noctambule, maintenant ?

– Insomniaque. Je suis sortie me promener, il devait être 5 heures du matin.

– Tu as parlé avec lui ?

– Je l'ai vu de loin. Et je ne suis pas sûre que lui m'ait repérée.

Devant la maison des Pinel, trois déménageurs venaient de descendre du camion.

– Pourquoi vous n'allez pas aider à décharger ? Comme ça vous pourriez voir ce qu'il a fait du rideau de l'imposte ! Parce que c'est curieux, cette histoire.

Les cinq hommes se consultèrent du regard pour répondre à la question suivante : l'idée était-elle envisageable ou Faustine se fichait-elle ouvertement d'eux ?

La réponse était en suspens lorsqu'une voiture déboucha au bout de la rue. Vert bouteille, d'un modèle jamais vu en Saône-et-Loire, un homme seul à son volant.

— Faites votre plus beau sourire, les gars, voilà votre nouveau voisin ! s'amusa Faustine.

— Qu'est-ce que c'est que cette guimbarde ? marmonna Clément.

— GMC, c'est pour General Motors Company, expliqua Jérôme en lisant les trois lettres sur la calandre. C'est un vieux pick-up des années 1950. Ça ne dépasse pas le quatre-vingts et les pièces détachées coûtent un bras.

En passant devant eux, le nouveau fit un signe de la main pour accompagner son sourire, avant d'aller se garer à côté du camion. Seule Faustine lui rendit son sourire, les autres se contentant d'un hochement de tête paresseux. Une fois le moteur coupé, il ouvrit sa portière et laissa passer en trombe un border collie impatient de trouver un buisson pour se soulager.

— Bonjour !

D'une même voix apathique, tous le saluèrent, incapables toutefois d'esquisser le moindre geste. Si le pick-up les avait surpris, ce n'était rien en comparaison du costume trois pièces en tweed que l'homme portait.

— Je vous laisse avec votre nouveau copain, dit Faustine en s'éloignant, sans être sûre d'avoir été entendue.

Francis chercha alors les mots justes pour résumer la pensée de chacun. La réponse n'était pas près d'être trouvée, mais la question faisait l'unanimité :

— Qu'est-ce que c'est que ce gugusse ?

3.

En s'installant à Saint-Ambroise, Antoine Lagadec n'avait aucune idée de ce qui l'attendait. Trois mois plus tôt, il avait liquidé son imprimerie à Orsay, vendu sa maison et acheté à Jarlieu sans même savoir où se situait précisément la ville. Les transactions s'étaient déroulées avec une extrême rapidité, principalement parce qu'il n'avait pas cherché à négocier, que ce soit pour la vente de ses biens ou l'achat de la maison, trouvée sur Leboncoin. Les propriétaires lui avaient proposé de visiter avant de signer, mais les plans et les photos lui suffisaient. Dans la foulée, il avait acheté un vieux pick-up américain dans un garage spécialisé et adopté un chien dans un refuge. Du jour au lendemain, il avait quitté l'Essonne sans prévenir personne. Une nouvelle vie commençait, peu importait où elle menait.

Avant midi, les trois déménageurs avaient déchargé les meubles dans la maison et empilé des dizaines de cartons dans le garage. Antoine était ensuite parti à Chalon-sur-Saône acheter plusieurs seaux de peinture, une décolleuse à papier, de la toile à peindre, du parquet flottant, de l'enduit et tout le matériel nécessaire pour donner un coup de neuf à la maison. Quant au jardin, Woopie, le border collie de deux ans qu'il avait choisi, en ferait son terrain de jeu.

Toute la journée, des passants avaient ralenti le pas devant les fenêtres pour mieux voir à travers. Certains avaient refait un lacet ou allumé une cigarette. Une femme avait même simulé une conversation téléphonique de la plus haute importance. Antoine avait cru au stratagème jusqu'à ce que la sonnerie du portable retentisse. Par délicatesse, il s'était écarté de la fenêtre pour qu'elle ne le voie pas. Parfois, c'était devant le pick-up qu'on s'arrêtait, une antiquité qui intriguait, à en croire le nombre de curieux. Plusieurs fois, Antoine avait fait un signe, mais il n'avait eu droit qu'à d'imperceptibles coups de menton. Tandis qu'il était dans le garage, il avait aussi tenté d'engager la conversation avec un bonhomme rondouillard, mais à peine avait-il fait un pas dans sa direction que celui-ci avait filé. Tout cela n'avait pas grande importance : il était nouveau et comprenait que, dans un premier temps, on garde ses distances. La seule chose qui l'étonna fut de ne voir aucun enfant, ou qui que ce soit de moins de trente ans. Tous ceux qui étaient passés devant chez lui appartenaient à sa génération. Les propriétaires avaient parlé d'un quartier à l'ancienne, il commençait à comprendre ce qu'ils avaient voulu dire.

Pendant ce temps, Woopie avait inspecté le moindre recoin du jardin, creusé quelques trous, s'était endormi au soleil, réveillé à l'ombre, avait de nouveau rebouché ici et fouiné là. Le responsable du refuge avait prévenu : du fait de son âge, de sa race, et parce que ses anciens maîtres l'avaient confiné en appartement, il allait déborder d'énergie, au risque d'être un peu foufou au début. Il avait aussi précisé qu'il se mettait parfois à chanter, pas des chansons du répertoire, mais de longues mélodies canines. Ce fut le cas lorsque Antoine, fatigué en cette fin d'après-midi, lui montra la laisse, promesse de découverte d'un quartier qui, désormais, allait être le sien.

Saint-Ambroise était traversé par quatre rues principales et quelques impasses qui se transformaient en chemins pour filer dans les champs. L'ensemble avait été bâti autour d'une butte qui offrait à ceux qui habitaient là un point de vue sur le quartier. La première chose qu'Antoine remarqua fut le nombre de maisons aux volets fermés. C'était encore l'été et il était possible que les propriétaires soient partis en vacances, mais, à bien y regarder, elles semblaient inhabitées.

En quittant la rue des Lupins pour celle du 29-Septembre, il découvrit un vieux terrain de basket dont la plupart des lignes étaient recouvertes d'une mousse verdâtre. Les filets des paniers partaient en lambeaux et des feuilles, que le vent avait arrachées des arbres, couraient les unes après les autres dès qu'un brin d'air les réveillait. Quant aux gradins en bois, construits sur deux niveaux, ils étaient moisis par endroits. Antoine ne comprenait pas comment on avait pu investir autant dans une construction pareille, y disputer des parties probablement acharnées, pour finalement tout laisser à l'abandon.

En déambulant au hasard des rues, la sensation qu'il éprouvait était étrange. Tout lui était inconnu : les jardins, les maisons, les gens qu'il apercevait, les odeurs et même le ciel dont les teintes n'étaient pas celles de la région parisienne. Peut-être rêvait-il et allait-il se réveiller, reprendre sa vie d'artisan du livre, travailler dix heures par jour, sans lever le nez d'une reliure en cuir ou d'une impression de photos d'art sur un papier satiné. Pendant cinquante ans, il avait fait les mêmes gestes pour des clients exigeants. Sa passion, c'étaient les livres anciens, la dorure, la dernière touche à la main pour rendre l'ouvrage unique. Comme toutes les passions, elle l'avait dévoré sans qu'il s'en aperçoive.

Au bout de la rue du 29-Septembre, il prit à gauche dans celle des Cigognes, la plus longue du quartier, la plus animée aussi. Une petite épicerie où il allait être commode d'acheter certains produits de dépannage en faisait l'angle. Il repéra, plus loin, une brasserie dont une partie semblait condamnée. En passant devant, il jeta un coup d'œil et reconnut, derrière les vitres, quelques-uns de ceux qu'il avait vus en arrivant le matin. Une femme, probablement la Suzie du nom de la brasserie, se tenait derrière le comptoir. Il hésita à leur faire un signe, pas convaincu d'avoir plus de succès, avant de poursuivre son chemin. Il tourna de nouveau à gauche par la rue des Carmes pour retrouver, s'il ne s'était pas trompé, la rue des Lupins, désormais la sienne. Même en prenant son temps, le tour n'excédait pas dix minutes – largement insuffisant pour la promenade quotidienne promise à Woopie. Aussi prit-il à droite, par une des ruelles qui allaient se perdre dans la campagne.

Là encore, de nombreux volets étaient clos. Dans le jardin de la troisième maison, une voix masculine trancha le silence, une voix qu'Antoine aurait préféré ne pas entendre. Sans même en avoir saisi un mot, il sut que la conversation était orageuse. Il hésita à faire demi-tour pour ne pas être témoin d'une altercation, mais une femme, derrière le portillon, l'aperçut. Si elle tenta de sourire, dans ses yeux d'autres émotions dominaient. Principalement l'agacement, mais également le doute et l'envie d'être ailleurs. Antoine voulut lui offrir une porte de sortie, chercha un stratagème pour qu'elle échappe à la conversation, mais la voix de l'homme la poursuivait déjà.

— Ce n'est pas raisonnable de rester ici, tu le sais aussi bien que nous. Tu es seule, il peut t'arriver n'importe quoi. Ils sont où, les voisins ? Ils sont tous partis, ils ont compris que c'était terminé, Saint-Ambroise !

Contrairement à ce qu'Antoine avait présumé, c'était un homme jeune qui parlait, bientôt suivi par un autre, silencieux. L'air de famille ne trompait pas, ils étaient les fils de la femme qui regardait ailleurs en attendant que l'orage passe.

— On n'a pas envie de te découvrir allongée sur le carrelage, morte depuis plusieurs jours parce que personne n'aura veillé sur toi !

— Je n'ai pas besoin qu'on veille sur moi.

— Tu es en plein déni ! Il y a deux ans, tu as perdu la mémoire pendant une demi-journée… Qu'est-ce qu'on fait, nous, si ça se reproduit ? Il me faut une bonne heure pour arriver ici, et à Tom encore plus.

Quand il croisa le regard du jeune homme, Antoine sentit la gêne l'envahir et le courage refluer. En s'éloignant, il perçut encore quelques mots, à peine radoucis.

— Vous allez vous plaire ici ?

Antoine sursauta, le regard perdu vers l'horizon. Il était assis depuis un moment sur un banc trouvé au bout du chemin. En se retournant, il vit la femme qui avait serré les dents devant ses fils.

— J'espère. En tout cas, le banc est confortable.

— C'est moi qui l'ai fait installer. On l'appelle le « banc du bout du monde ».

— Parce qu'il est loin de tout ?

— Mieux que ça. Après quelques minutes, normalement, vous voyagez là où vous le désirez. Ça n'a pas marché avec vous ?

Il aurait aimé dire que si, mais c'était la première personne de Saint-Ambroise à qui il parlait et il ne voulait pas commencer par un mensonge.

— Il faut un peu d'entraînement, dit-elle avant qu'il ne réponde. Vous verrez, ça viendra. Donc, vous avez acheté ici ?

Antoine ne sut dire si elle avait envie ou besoin de parler. Peu importait, il était ravi et reconnaissant qu'on l'accueille enfin.

— C'est ça. Une nouvelle vie qui débute. Il y a pas mal de choses à faire, surtout de la rénovation.

— C'est vous qui allez vous en charger ?

— Oui, ça m'occupera.

— C'est courageux. Comme d'être venu habiter ici, d'ailleurs.

— Ce n'est pas ma première qualité, vous avez pu vous en rendre compte.

— Vous parlez de tout à l'heure, quand mes fils sont passés ?

— J'ai fui lâchement au premier regard noir que l'un d'eux m'a lancé. J'avais dans l'idée de vous tirer de là, mais je n'ai rien trouvé.

— Rassurez-vous, je ne craignais pas grand-chose. On réessayera avec un dangereux psychopathe, peut-être que ça réveillera votre instinct de justicier.

Antoine sourit, impressionné par la facilité avec laquelle cette femme avait évacué la contrariété vécue quelques minutes plus tôt.

— Faustine Millet, dit-elle en tendant sa main. J'habite ici depuis quarante-huit ans.

— Antoine Lagadec. Même chose, depuis un peu moins longtemps.

Elle sourit à son tour, et il ne sut dire si sa réplique y était pour quelque chose.

— Vous étiez venue vous asseoir sur votre banc ?

— Ce n'est pas mon banc, il est à tout le monde.

— C'est vous qui l'avez peint ?

— Oui. Vous n'aimez pas ?

À son arrivée, son œil avait été attiré par les couleurs vives. De loin, il avait cru à des tags faits à la va-vite, mais en approchant il avait compris qu'il s'agissait d'une œuvre artistique.

— C'est d'inspiration mexicaine ?

— Aztèque, plus précisément.

— Là, c'est un coq, non ?

— C'est ça. Un coq, un aigle, ou peut-être bien un pigeon.

Faustine éclata de rire, regarda le banc, la tête d'Antoine, puis de nouveau le banc. Elle parut se ressaisir un instant, mais le fou rire la reprit. Antoine ne sut comment réagir et se demanda s'il n'était pas tombé sur la folle du village. Lorsqu'elle leva les yeux vers lui, elle repartit de plus belle.

— Un coq mexicain ! Vous êtes formidable, Antoine !

Elle se moquait gentiment, de lui ou d'elle-même, mais au moins l'altercation avec son fils était loin derrière elle. Une fois qu'elle eut repris ses esprits, elle fit le tour du banc et s'assit à côté d'Antoine. La température était douce et le soleil déclinait dans leur dos. Bientôt, il napperait le ciel d'orange et de brun.

— Je suis désolée, dit-elle. Je crois que j'avais besoin d'évacuer la tension. Cela dit, je prends comme un compliment votre avis sur ma peinture. Vous êtes bien le premier à l'apprécier, d'ailleurs.

Antoine eut beau chercher dans ses souvenirs, il ne trouva pas trace d'une femme qui ait pu rire à son contact. Pas même la sienne, du temps où il était marié.

— Vous connaissez le Jura ?

— Pas bien, non.

— Vous avez devant vous le parc naturel du Haut-Jura. Des montagnes, des forêts, des lacs et des rivières. Vous randonnez ?

— Rarement.

— Vous avez tort, ça aide à se ressourcer. Que faisiez-vous avant, si ce n'est pas indiscret ?

— Je reliais des livres ou je les restaurais. Des livres d'art et parfois des romans pour des collectionneurs. J'imprimais aussi des photos pour des professionnels : des tirages uniques ou des albums.

Faustine continuait de fixer l'horizon, tout en hochant la tête imperceptiblement. Elle réfléchit un instant avant de poser une nouvelle question.

— Ça, c'était quand vous travailliez. Mais ensuite ?

— Ensuite, je suis venu ici.

— Vous voulez dire que vous venez seulement de prendre votre retraite ? Alors, c'est pour ça.

— Qu'est-ce qui est pour ça ?

De nouveau, elle laissa le temps filer. Elle n'était pas pressée, d'ailleurs le paysage invitait à ralentir un rythme que la vie moderne ne cessait d'accélérer.

— Vous attendez une réponse ? devina-t-elle.

— Si ça ne vous dérange pas.

Elle se redressa et se tourna pour le regarder. Il remarqua ses yeux couleur noisette et ses cheveux teints en blond qui lui allaient bien. Elle avait l'air timide et malicieuse, c'est en tout cas ainsi qu'il l'imagina plus jeune.

— C'est pour ça que vous avez encore le courage de faire des travaux dans votre maison, que vous portez un costume en tweed et que vous roulez dans une voiture qu'on n'a jamais vue par ici. N'y voyez pas une critique, au contraire. C'est juste que vous détonnez dans le paysage. Vous ne connaissiez rien du quartier avant d'arriver ?

— Seulement ce que les propriétaires m'en ont dit.

— Vous êtes le premier depuis des années à vous installer ici. La plupart des maisons vendues l'ont été à Delannoy, un promoteur. Quand il aura racheté suffisamment de lots, il rasera tout et construira un nouveau quartier. Pas pour la même clientèle, évidemment. Attendez quelques jours, un de ses commerciaux va venir vous faire une offre supérieure à la somme que vous avez déboursée.

— Pourquoi n'a-t-il pas racheté aux anciens propriétaires ?

— Les Pinel ? Ils ont envoyé promener tous ceux qui sont venus les démarcher. À la fin, ils les ont même menacés d'une décharge de chevrotine dans les fesses. Homme et femme confondus.

Faustine semblait ravie à l'évocation de ce souvenir.

— Et vous, on vous en a proposé un prix ?

— Je fais de la résistance. Delannoy sait que je ne lui céderai jamais ma maison.

Son regard se fit plus dur.

— Mes enfants voudraient que je vende. Ils disent que le quartier est en train de mourir – là-dessus, ils n'ont pas tort – et ils s'inquiètent pour moi. Ils préféreraient me voir dans une résidence seniors.

— C'est le quartier qui meurt, pas vous.

— J'ai fait un ictus amnésique il y a deux ans. Une perte de mémoire que les médecins ne savent pas expliquer. Ce n'est arrivé qu'une fois et il se peut que ça ne se reproduise jamais, mais ça a suffi pour que mes fils mettent le sujet sur le tapis. L'aîné, surtout. Vous avez des enfants ?

— Non.

— Moi, j'ai passé ma vie avec des enfants. Les miens et ceux à qui j'ai enseigné le français pendant quarante ans. Je ne sais pas lesquels m'ont posé le plus de problèmes.

C'est le moment que choisit Woopie pour réapparaître. Le border collie, qui s'était baladé dans la prairie, vint renifler la femme qui se trouvait à côté de son maître.

— Vous restez encore un peu ? demanda Antoine en se levant.

— Non, je rentre avec vous. On ne sait jamais, si j'oublie le chemin de la maison.

— Ça peut avoir ses avantages.

— D'oublier où j'habite ?

— L'amnésie passagère. Vous vous souvenez seulement de ce qui vous intéresse.

— Je n'y ai jamais songé dans ce sens.

Sur le trajet du retour, Antoine développa son point de vue et fit encore sourire Faustine. Lorsqu'ils s'étaient réveillés le matin, ni l'un ni l'autre ne savaient que leurs routes allaient se croiser. Pour l'instant, c'était une bonne surprise.

4.

Antoine passait ses journées à rénover sa maison, qui avait tout d'un vaste chantier. En dehors de la cuisine, de la salle de bains et des toilettes qui étaient en bon état, chaque pièce avait droit à son coup de ponçage, de rebouchage, d'enduit ou de peinture. Cela n'allait pas jusqu'au plaisir, mais il ne rechignait pas, chaque matin, à se remettre au boulot. Il sortait à l'aube promener Woopie, petit-déjeunait dans le jardin si le temps le permettait, avant d'enfiler un bleu de travail. Quand l'église de la Madeleine, située à l'extérieur de Saint-Ambroise, sonnait midi, il s'arrêtait pour grignoter, puis s'attelait de nouveau à la tâche jusqu'à 18 heures. Il passait alors sous la douche et ressortait pour la seconde promenade de la journée. Plus longue, elle lui permettait de s'éloigner et de cartographier mentalement le quartier et ses environs.

Antoine s'arrangeait pour passer systématiquement devant chez Faustine, sans pousser la hardiesse jusqu'à sonner. Le mercredi soir, il l'aperçut enfin. Elle portait un chapeau et tenait un livre à la main, souriante comme au premier jour.

— Alors, vous commencez à apprécier Saint-Ambroise ? dit-elle en s'approchant du portillon.

— Pour l'instant, je suis surtout dans le bricolage. Et vous, vous flânez au jardin ?

— Je comble mes lacunes, dit-elle en montrant un pavé d'une vieille édition. Je me demandais si, vous qui imprimiez des livres, vous avez pris le temps d'en lire au moins autant.

— J'avoue que j'étais davantage passionné par leur fabrication que par ce qu'ils racontaient. Vous allez me dire que j'ai eu tort ?

— Non, chaque chose en son temps. Quand vous aurez fini de bricoler, vous pourrez vous consacrer à la lecture. Je ne vous conseille pas *Mort à crédit*, c'est ardu et pas ce qu'on fait de plus gai.

Antoine sentit poindre un complexe d'infériorité face à l'ancienne professeure de français.

— Lisez plutôt Dumas. *Les Trois Mousquetaires* ou *Le Comte de Monte-Cristo*. Vous serez dans votre élément. D'Artagnan, Edmond Dantès, l'aventure au grand air, les mystères… c'est tout vous, ça !

— Vous me taquinez, là !

— Même pas ! J'exagère un peu, c'est vrai. N'empêche que tout plaquer du jour au lendemain pour venir s'installer ici, vous admettrez que c'est une aventure ! Si vous saviez le nombre de conversations qui tournent autour de vous ! Vous êtes un vrai mystère, Antoine !

— J'ai bien vu qu'on m'observait de temps en temps, mais je ne pensais pas que c'était à ce point.

— D'Artagnan, je vous dis !

— En bleu de travail avec des taches de peinture, vous êtes sûre ?

— Certaine. Vous savez manier l'épée ou monter à cheval ?

— Ni l'un ni l'autre.

— Alors plutôt Edmond Dantès.

Elle se moquait ouvertement. Antoine lui pardonnait volontiers, d'abord parce qu'elle était la seule avec qui il parlait, ensuite parce qu'il aimait le pétillement de son regard.

— Et vous, quelle héroïne littéraire êtes-vous ?

— Moi ? J'habite cette maison depuis cinquante ans, j'ai eu trois enfants et fait toute ma carrière dans l'Éducation nationale. Pas de quoi faire une héroïne !

— Mme Bovary ? tenta-t-il.

— Pour le côté mélancolique, une femme qui s'ennuie dans sa petite vie provinciale ?

— Je ne sais pas, je ne l'ai pas lu.

— En plus, elle se suicide, merci !

— Anna Karénine ?

— Vous ne l'avez pas lu non plus !

— Elle se suicide aussi ?

— Elle se jette sous un train.

— Carmen ?

— Poignardée par son amant.

— Décidément !

— Je vous l'ai dit, je n'ai rien qui puisse intéresser. Mon histoire tient sur une feuille recto verso.

– Dans ce cas, il faut en écrire d'autres.

– À mon âge ? Vous croyez qu'on peut commencer un nouveau chapitre ?

Antoine se contenta de sourire.

– Je vais jusqu'à votre banc du bout du monde. Vous m'accompagnez ?

– C'est gentil, mais j'ai des tas de choses inutiles à faire, dit-elle, soudain grave, en s'éloignant vers sa maison.

Antoine ne trouva rien pour raviver la malice qui avait déserté son visage. Il resta là, interdit et penaud. L'avait-il offensée ou étaient-ce ses propres peurs qui la faisaient fuir ? Il fit quelques pas en direction des champs, avant de renoncer. Woopie le regardait, tête penchée pour mieux comprendre ce revirement, mais ne semblait pas lui en vouloir. Il était tard et la nuit, depuis l'horizon, annonçait son arrivée.

Pendant plusieurs jours, Antoine ne revit pas Faustine. Il évitait de passer devant chez elle, préférant s'en remettre au hasard. Les travaux étaient presque terminés, ne restaient que les finitions : des baguettes d'encadrement à peindre, des joints à lisser au-dessus des plinthes ou des luminaires à accrocher – le plus long et le plus fastidieux. Il manquait toutefois l'essentiel : aucun des meubles n'était à sa place. Ceux du rez-de-chaussée étaient entreposés au garage, les autres au centre de leurs pièces de destination respectives. La plupart étaient trop lourds ou trop volumineux pour être déplacés seul.

Deux solutions se présentaient donc à lui : rappeler les déménageurs ou trouver de l'aide auprès de ses voisins. Aussi décida-t-il que le lendemain à 9 heures il se rendrait chez Suzie, sûr d'y trouver ceux qu'il voyait tous les jours, assis sur les mêmes chaises, autour de la même table, buvant probablement les mêmes cafés. Il était temps de faire connaissance autrement qu'en leur adressant un « bonjour » lointain ou un coup de menton qui voulait dire tout et n'importe quoi.

En se préparant ce matin-là, il eut du mal à choisir ses vêtements. Faustine lui avait fait comprendre qu'avec son costume en tweed il détonnait. Certes, il ne se rendait pas à un entretien d'embauche, mais il savait qu'à l'instant où il pousserait la porte de la brasserie il serait disséqué, analysé. La conversation qu'il engagerait dépendrait beaucoup de la première impression qu'il donnerait. Il opta pour un pantalon cargo, une chemise à carreaux et une vieille veste américaine – un look de vieux trappeur canadien. À 8 h 55, il sortit en compagnie de Woopie et chercha par quels mots entamer la discussion. Un peu avant 9 heures, la brasserie était en vue et il n'avait rien trouvé.

Ils étaient sept, tous des hommes, installés à la table centrale. Antoine ignorait noms, prénoms et tout détail lui permettant d'amorcer l'échange. Derrière son comptoir se tenait la patronne, pas moins étonnée que les autres de le voir franchir la porte.

— M'sieurs-dame ! dit-il en entrant.

Ce qui lui valut pour réponse un mélange de pieds de chaise raclant le sol, de toussotements et de tintements de tasses posées brusquement sur des soucoupes. Il perçut ensuite un « bonjour » sans grand enthousiasme. Peut-être tombait-il à un mauvais moment. La seule à qui sa présence semblait faire plaisir posait un verre sur le zinc et s'adressait à lui de façon claire et distincte.

— J'ai cru que vous n'alliez jamais entrer chez moi ! Qu'est-ce que je vous sers ? C'est pour moi.

— Ce qui vous fera plaisir. Vous préférez que je laisse le chien dehors ?

— Vous avcz vu le sol ? Il en a vu d'autres. Génépi, ça vous va ?

Antoine avait imaginé qu'on lui proposerait un verre de vin blanc, mais si le génépi avait valeur de défi, il fallait le relever sans faire de manières.

— Parfait, mais c'est ma tournée. Messieurs ?

Il n'eut droit qu'à des refus polis ou à de simples gestes de la main. Les raisons étaient à peu près recevables : « il est trop tôt », « jamais avec le café », « pas bon pour le foie », « un autre jour peut-être »... Antoine ne s'en offusqua pas, contrairement à Suzie qui les fusilla du regard en posant les verres qu'elle avait commencé à sortir.

— C'est terminé, les travaux ? demanda-t-elle en remplissant deux verres.

— C'était juste un coup de neuf. Mais, oui, c'est terminé.

— Alors, vous voilà vraiment chez vous. Santé !

Antoine attrapa le verre et avala une gorgée avec un objectif : ne pas sourciller d'un quart de millimètre. Les quarante-cinq degrés d'alcool, ingurgités presque à jeun, sonnèrent aussitôt un coup de clairon de l'œsophage à l'estomac. De son côté, Suzie vidait la moitié de son verre comme s'il s'agissait d'un lait fraise.

— Vous venez de Paris ?

— D'Orsay, c'est en banlieue.

— Et pourquoi Jarlieu ? Vous avez de la famille dans le coin ?

— J'avais besoin de changer de cadre. J'ai passé toute ma vie dans la même ville, enfermé dans mon atelier d'imprimerie, ça me fait du bien de voir l'horizon.

— Ici, c'est l'horizon du quartier qui semble bouché.

Ce n'était pas Suzie mais un des sept clients qui avait répondu. Comme les autres, il tendait l'oreille vers ce qui se disait au comptoir.

— Ne l'écoutez pas, Clément est le grincheux de la bande, s'excusa la patronne. Un des deux, pour être exacte. Ils se partagent le rôle avec Maurice. À côté, vous avez Atchoum – il paraît que, maintenant, le génépi lui fait mal au foie –, Prof, qui trouve qu'il est trop tôt, Timide, qui n'a rien répondu... Qui est-ce qui nous reste ? Joyeux, on n'en a pas ici... Dormeur et Simplet. Qui s'y colle ?

Visiblement, Suzie n'avait pas trop aimé qu'ils refusent le verre qu'on leur avait proposé.

— Je m'appelle Francis, dit alors l'un d'eux en levant la main. J'habite à deux pas de chez vous.

— Jérôme, dit un autre. J'ai installé toutes les télés chez les Pinel.

Les cinq autres déclinèrent à leur tour leur identité. Antoine retint les prénoms de Fabrice, Pierre, Victor et des deux Grincheux, Maurice et Clément.

— Et moi, c'est Suzie, comme le nom de la brasserie.

Les présentations faites, l'électricité qui flottait dans l'air diminua nettement. Antoine en profita pour se présenter, et pour présenter Woopie, avant d'enchaîner sur la requête qui l'amenait là.

— Je suis venu pour faire connaissance et parce que j'ai besoin de bras pour déplacer des meubles. Il n'y a pas d'étage à monter, mais je ne peux pas le faire tout seul.

Sept regards se croisèrent à la recherche de volontaires. Maurice invoqua un mal de dos ; Francis avait été opéré trois ans plus tôt d'une hernie inguinale et préférait ne pas prendre de risques ; quant aux autres, ça dépendait du jour parce qu'ils avaient des tas de choses à faire. Du coin de l'œil, Antoine vit Suzie secouer la tête, pas fière de ceux qu'elle servait depuis cinquante ans. Une voix discordante s'éleva alors.

— Je viendrai vous donner un coup de main. Vous me dites quand vous prévoyez de faire ça, je me débrouillerai.

Contre toute attente, il s'agissait de Clément, la moustache aussi blanche que les cheveux qu'il avait encore sur la tête.

— En fin d'après-midi, si ça vous convient, dit-il. Je dois aller faire quelques courses, vous verrez le pick-up quand je serai rentré.

Dès que Clément eut acquiescé, Antoine incendia ce qui lui restait d'œsophage avec le fond de génépi, voulut payer, mais comprit au regard de Suzie que ça n'était pas la peine d'y songer.

— Le premier verre, c'est toujours pour moi. Vous ferez en sorte que ce ne soit pas le dernier.

— Promis !

— « Suzie », vous vous souviendrez ?

— Je ne pense pas qu'il y en ait deux comme vous.

— M'étonnerait aussi.

Antoine se tourna vers l'épais rideau en velours qui s'étirait sur plusieurs mètres. Autant qu'il avait pu en juger de l'extérieur, celui-ci cachait une salle au moins aussi grande que celle où il se trouvait. Par le passé, la brasserie avait peut-être poussé le succès jusqu'à doubler sa capacité d'accueil. Si c'était le cas, Suzie devait en avoir le cœur retourné chaque fois qu'elle y pensait.

— Vous pouvez aller voir si ça vous intrigue, dit-elle en appuyant sur un interrupteur sans avoir à quitter son comptoir.

En tirant le rideau, Antoine ne trouva pas une salle de restaurant poussiéreuse, figée dans les années 1970, mais une pièce spacieuse, encombrée de chaises, de tables, et de tout un tas de choses qui n'avaient rien à faire là. Le plafond se hissait à quatre mètres et le sol était fait du même parquet que le côté brasserie. Les fenêtres avaient leurs volets fermés et l'endroit dégageait une odeur de siècle passé. Pourtant, dès que l'épais rideau se referma derrière lui, Antoine s'y sentit bien. Il y avait là des souvenirs de jeunesse, des cris de joie et des rires. C'était un lieu où l'on avait fait la fête et noué des liens indéfectibles.

– On a fait de sacrées bringues ici !

Suzie n'avait pas fait de bruit en se glissant derrière lui. Dans sa voix perçait une mélancolie qu'elle avait appris à maîtriser, mais qui restait douloureuse.

– Il devait y avoir de l'ambiance.

– Ça, vous pouvez le dire ! On se retrouvait là presque tous les week-ends jusqu'à pas d'heure. Même les mômes venaient. Quand ils avaient sommeil, on les montait à l'étage, dans le dortoir, comme on disait. C'était des matelas posés à même le sol, ça ne dérangeait personne. Quand les parents partaient, ils les récupéraient. Certains gosses ne se réveillaient même pas.

– Il y a longtemps que vous avez fermé ?

– Définitivement, il y a dix ans. Mais la salle ne servait plus que dans les grandes occasions. Un mariage, la Saint-Ambroise ou un 29 septembre. Même ça, on ne le fête plus.

– Il y a une rue qui porte ce nom.

– C'est la date d'inauguration du quartier. Maintenant, il n'y a que des vieux ! Mal au dos, de l'arthrose aux genoux, la vue qui baisse… On ne vieillit pas tous de la même façon !

Au-delà de la mélancolie affleurait une amertume qu'Antoine comprenait. Toute la journée devant ce rideau tiré, le souvenir des soirées perdues devait ressurgir.

Peut-être Suzie entendait-elle les musiques et les rires d'alors.

— Un jour, je vous montrerai des photos. J'en ai une caisse pleine. Vous verrez, nos vieux débris infoutus de vous donner un coup de main pour vos meubles, ils avaient une autre allure !

Suzie avait de bonnes raisons de ne pas être tendre. Elle était de la même génération que les sept hommes de l'autre côté du rideau, mais continuait à travailler. Sans doute était-ce sa façon de ne pas abdiquer face aux années qui s'empilaient.

— Allez ! Tout ça, c'est du passé, dit-elle en retournant vers la salle de service. Sinon, vous allez croire que je débloque.

— Je reviendrai pour voir vos photos.

En écartant le rideau pour le laisser passer, Suzie détailla Antoine de la tête aux pieds. Woopie suivait joyeusement en battant de la queue.

— Vous êtes un type bien. Je l'ai su dès que vous êtes arrivé ici.

— Vous croyez ?

— J'en suis sûre. Par contre, il faudra que je comprenne pourquoi vous êtes venu à Saint-Ambroise !

C'était dit avec le sourire et n'appelait pas forcément de réponse. En sortant, Antoine eut droit à des saluts polis, pas beaucoup plus chaleureux. Il allait devoir être patient pour susciter davantage de sympathie. S'il était un type bien, comme l'avait dit Suzie, il y parviendrait. Restait à savoir si, effectivement, il en était un.

5.

Finalement, Clément ne fut pas seul à venir donner un coup de main. La seconde bonne nouvelle, c'est que Faustine l'accompagnait. Impossible de savoir comment elle avait été mise au courant, le fait est qu'elle était là, tout sourire, à croire que leur dernière entrevue n'avait causé ni malentendu ni embarras. Agréablement surpris, Antoine proposa de commencer par faire le tour du propriétaire. Faustine et Clément connaissaient la maison, mais furent étonnés de constater à quel point le blanc qui recouvrait désormais les murs la rendait plus spacieuse.

— Vous n'avez toujours pas vu un commercial de Delannoy ? demanda Clément en redescendant l'escalier.

— Non. Et maintenant que la maison est comme neuve, ça m'étonnerait qu'ils viennent me voir.

— Détrompez-vous, ils sont toujours à l'affût. Ils n'ont pas voulu vous sauter dessus dès votre arrivée, mais ils vont venir.

— Ils peuvent venir, ça ne m'intéresse pas.

— Beaucoup ont dit ça, au début. Finalement, un tiers est déjà parti. Delannoy est patient, c'est sa force.

Il leur fallut à peine une heure pour installer les meubles. Plusieurs fois, Faustine émit des doutes sur leur agencement. Question d'harmonie, de lumière, de philosophie feng shui ou, de son propre aveu, pour justifier sa présence puisqu'elle ne faisait que guider Antoine et Clément dès qu'il s'agissait de déplacer un lit ou une armoire trop lourde. Chaque fois, Antoine suivit son conseil. D'abord pour lui faire plaisir, ensuite parce qu'il n'avait pas d'avis tranché. Le plus gros était fait, il ne restait plus qu'à vider les cartons du garage pour remplir les armoires de vêtements, la bibliothèque de livres et les étagères de bibelots. Plus quelques tableaux à accrocher et des lampadaires à poser au bon endroit.

— Vous n'avez pas de télévision ? s'étonna Clément.

— Non. Pas d'ordinateur non plus. J'ai un jardin et des dizaines de livres que je n'ai pas lus. Ça devrait m'occuper un moment.

— Si vous changez d'avis, il y a la fibre à Saint-Ambroise. C'est bien la seule chose moderne qu'on ait ici.

Clément aida encore à porter les cartons les plus lourds, essentiellement des livres d'art et des romans qu'Antoine avait restaurés. Lorsque le garage fut vidé, il accepta la bière proposée par ce dernier. Il profita de l'instant pour s'excuser de l'accueil qu'ils lui avaient réservé le matin à la brasserie. La bande, si c'en était encore une, n'avait pas été à la hauteur. À force de rester entre eux, ils s'étaient englués dans leur vieille routine et avaient perdu l'habitude de s'ouvrir aux autres. Ça n'avait pas toujours été ainsi, il aurait fallu les voir dans la fleur de l'âge. Pour être honnête, il raconta le savon que Suzie leur avait passé une fois Antoine parti. À l'avenir, il ferait en sorte que leurs relations soient plus chaleureuses.

— À propos de « fleur de l'âge », j'ai vu un terrain de basket à l'abandon. Vous aviez une équipe à Saint-Ambroise ?

— Dans le temps, oui. Tous les week-ends on pique-niquait dans le parc en famille, et on jouait, avec nos femmes aussi. Elles n'étaient pas les plus mauvaises. Il arrivait qu'on s'engueule, mais dans l'ensemble, ce sont de bons souvenirs.

— Vous participiez à des tournois ?

— On a failli, une fois, mais on n'a pas été foutus de se mettre d'accord sur un nom d'équipe. On a continué à jouer entre nous, et de temps en temps des gars de la région venaient nous défier.

Un sourire nostalgique, mais furtif, se dessina sur les lèvres de Clément.

— Pourquoi ne pas réhabiliter le terrain et vous remettre à jouer ? C'est comme le vélo, ça ne se perd pas.

— La bedaine non plus, ça ne se perd pas. Et les comiques, à la brasserie, vous les avez vus ? Ils sont plus près du déambulateur que du shoot à trois points !

— Justement, ça leur dégourdirait les jambes !

Clément s'apprêtait à ironiser encore, mais quelque chose le retint. Le projet était fou, suffisamment pour qu'il lui accorde une seconde de réflexion.

— Ce n'est pas pour jouer en championnat, ajouta Antoine.

— Non, mais je ne sais pas si un de nous peut encore courir cinquante mètres !

— Commencez par dix, vous verrez bien.

Des souvenirs de matchs épiques défilaient devant les yeux de Clément, complétés par des images de la bande se remettant à faire des passes ou à dribbler. L'idée avait déjà fait trop de chemin pour qu'il lui ferme la porte.

— Je vais en parler aux gars, mais il ne faut pas s'attendre à des miracles. Déjà qu'ils ont refusé un coup à boire ce matin !

— Laissez-leur le temps. À nos âges, on commence toujours par dire non, c'est un réflexe. Ensuite, on réfléchit.

— J'attends de voir ! Bon, cette fois, je dois y aller. À plus !

Antoine le raccompagna à la porte en le remerciant de son aide. Ce n'était peut-être pas encore un ami, mais ils avaient partagé un moment ensemble. Après ses deux premières semaines sans grandes interactions à Saint-Ambroise, cela équivalait à une petite révolution.

Faustine était toujours dans le salon, en train de ranger des livres dans la bibliothèque. Confiée à une autre, la tâche aurait été plus rapide. Parmi les ouvrages figuraient des classiques sur lesquels s'attardait l'œil de l'ancienne professeure de français, à l'affût d'un roman qui manquait à sa culture. Et dès qu'elle tombait sur un titre qui l'intriguait, il fallait qu'elle en lise un passage. Jusqu'à ce qu'elle sente le regard d'Antoine posé sur elle.

— Pardon, je traîne, dit-elle en refermant le livre qu'elle tenait dans la main. Vous auriez dû me confier le garage, j'aurais passé moins de temps à ranger des tournevis et des clefs à molette.

— Je ne suis pas pressé et ces livres sont faits pour être lus. Ils ont patienté jusqu'ici, c'est une bonne chose que quelqu'un s'intéresse enfin à eux.

— Vous voulez dire que vous n'en avez lu aucun ?

À son silence gêné, Faustine comprit que c'était le cas.

— Vous savez que vous avez des trésors ? *Le Roi des Aulnes* de Michel Tournier, prix Goncourt en 1970. J'avais seize ans quand je l'ai lu la première fois. Je n'ai pas tout compris, mais j'ai voyagé avec Abel Tiffauges jusqu'à Kaltenborn. Ces noms ne vous disent rien ?

— Rien du tout. Prenez-le si vous voulez !

En regardant plus attentivement l'ouvrage, Faustine remarqua à quel point le travail de reliure était minutieux.

— C'est vous qui l'avez imprimé ?

— J'ai relié ou restauré tous les livres qui sont ici.

— Ce qui explique pourquoi vous ne les avez pas lus.

Antoine ne voyait pas ce qu'elle voulait dire et fronça les sourcils.

— Vous avez passé des heures à les rendre uniques, expliqua-t-elle. Pour vous, avant d'être des romans, ce sont des objets de collection.

Antoine sourit. Décidément, il aimait la compagnie de cette femme, la vivacité de son esprit, sa délicatesse et cette fragilité qu'elle essayait de masquer. Il repensa aux photos dont lui avait parlé Suzie. Quand il retournerait à la brasserie pour voir à quoi ressemblaient les bringues folles d'antan, il tâcherait de repérer Faustine avec vingt, trente ou cinquante ans de moins.

— Vous dînez avec moi ?

La question n'était pas préparée, il n'était même pas sûr de l'avoir prononcée à haute voix. Il sut que les mots étaient sortis de sa bouche en voyant Faustine frémir légèrement, comme si un courant d'air frais l'avait surprise. Il s'étonna d'avoir fait preuve de tant d'audace.

— Si vous voulez, oui !

À cet instant, il se rendit compte qu'il n'avait pas de quoi cuisiner un dîner qui fasse date. Dans les rayons du supermarché, il avait fait comme d'habitude des courses d'homme célibataire. Au rayon fruits, il avait pris des fraises, c'était la seule fantaisie qu'il pouvait proposer.

— Croque-monsieur à la Antoine, ça ira ?

— À la Antoine ?

— Une petite touche personnelle qui change tout.

— J'ai hâte de voir ça.

Il n'était que 18 h 30, ils avaient le temps avant de passer à table. Par ailleurs, Faustine n'avait pas beaucoup avancé : c'était plus fort qu'elle, elle devait lire chaque titre et chaque nom d'auteur. Parfois, elle chaussait ses lunettes et s'évadait dans un recueil de théâtre du XIXe ou un roman américain du début du XXe. Il arrivait aussi qu'elle s'attarde sur le travail de reliure, caresse une couverture en cuir, respire l'odeur d'une encre. Antoine la regardait du coin de l'œil, ravi de la voir accomplir avec joie une tâche qu'il trouvait fastidieuse. De temps en temps, elle souriait, fronçait les sourcils ou s'étonnait en lisant un passage. Aucune ombre ne traversait son visage et la paix intérieure qu'elle semblait ressentir rassura Antoine. Il était encore possible qu'on prenne plaisir en sa compagnie.

Ils finirent de vider ensemble les cartons qui encombraient le salon, classant chronologiquement les romans, par genres les livres d'art. Il s'agissait principalement de commandes que des clients n'étaient pas venus chercher. Antoine avait gardé certains ouvrages, comme ceux sur Camille Claudel ou une trilogie de Jules Vallès, parce qu'il était fier de son travail – ces heures qu'il avait passées sur ces livres dans le but d'atteindre la perfection. Les tranches, les nerfs, les entre-nerfs, les mors, la coiffe et l'angle de coiffe, la garde blanche et la garde de couleur : il ne laissait rien au hasard. La bibliothèque avait fière allure et le salon était une invitation à la paresse. Il ne manquait plus que le froid automnal et les bûches dans la cheminée.

— Prête pour le croque-monsieur ?

— Prête ! Je n'ai pas l'air comme ça, mais je suis une aventurière.

— Je vous crois.

— Vous croyez que j'en suis une ou que je n'en ai pas l'air ?

— Les deux.

Antoine avait bien tenté de masquer son hésitation, mais il avait traîné avant de répondre. Il s'était laissé surprendre par Faustine, qui jouait facilement avec le sens des mots, et craignit que sa bonne humeur se soit déjà envolée et l'invitation avec elle. C'est seulement lorsqu'elle éclata de rire qu'il se détendit. Il aimait sa façon de plisser les yeux, la main qu'elle mettait devant sa bouche et ses scrupules à se moquer de lui.

— Pardon, dit-elle. Vous aviez l'air tellement embarrassé. C'est la seconde fois que je ris de vous, vous allez regretter de m'avoir rencontrée.

— J'aime autant vous voir rire, ça vous va bien.

— Profitez-en, ça n'arrive pas souvent.

C'était dit sur le ton de la plaisanterie, mais Antoine comprit qu'il s'agissait d'un aveu. L'ambiance se prêtait à la confession et il hésita à inciter Faustine à se livrer ou à la laisser décider par elle-même. Il choisit de biaiser en l'invitant à passer en cuisine.

— Vous m'apprenez à faire vos croque-monsieur, je réponds aux questions que vous vous posez, proposa Faustine en retour. Ça vous paraît équitable ?

— Je suis largement gagnant. J'ai parlé d'une touche personnelle, pas de révolutionner la cuisine.

— Moi aussi, je suis gagnante. En dehors de mes enfants, de quelques voisins et des vendeurs dans les magasins, je n'ai parlé à personne depuis des mois.

Faustine avait à peine exagéré. Deux heures plus tard, elle monopolisait toujours la parole. Pas mal aidée par le moulin-à-vent que servait généreusement Antoine, elle s'était plongée dans des souvenirs lointains, notamment ceux qui avaient vu naître Saint-Ambroise. Ces années avaient le parfum d'un bonheur simple, d'une insouciance qu'elle n'avait plus connus. Elle enjolivait sûrement le passé, mais il lui semblait qu'à cette époque les gens se parlaient, s'entraidaient et ressentaient le besoin d'être ensemble. Elle se souvenait aussi de la mode vestimentaire un peu folle, de la musique en pleine mutation, de ce temps où flottait encore, dans les esprits, l'envie de changer le monde.

— Je radote, non ? dit-elle en finissant son verre.

— Pas du tout. Nous sommes de la même génération. Je n'ai pas vécu ici, mais je suis d'accord avec vous.

— J'ai peur qu'on ait perdu beaucoup de choses de ces années-là. L'ennui, pour commencer. Et son corollaire, la patience. J'ai sept petits-enfants, qui ont entre trois et seize ans. Je crois qu'aucun d'entre eux n'a jamais connu l'ennui. Toujours quelque chose à faire, un sport, un jeu, un film à voir. Leurs parents ne leur laissent jamais l'occasion de mettre leur imagination en marche. Devant un carré d'herbe, ils ne voient rien, alors que, justement, il y a tout. J'ai trop bu, non ?

— Un peu, mais vous restez cohérente.

— Ça ne va pas durer. Pour être honnête, je savais qu'un verre me suffisait, j'en ai bu trois.

— Cinq.

— Cinq ! Et vous ne m'avez pas arrêtée ?

— Vous ne comptez pas rentrer en voiture ?

— Non. Mais quand même, vous auriez dû me freiner.

— Ce n'est pas ce que vous faites depuis longtemps ?

— Freiner pour boire, vous voulez dire ?

— Pour boire et pour le reste. Vous avez dit n'avoir parlé à personne depuis des mois, en dehors de vos enfants et des vendeurs dans les magasins. Vous passez vos journées chez vous alors que vous aimez randonner et je crois que vous avez bu plus qu'à l'accoutumée parce que vous ne vous sentiez pas très à l'aise. Ce n'est pas vraiment ce que j'appelle vivre pleinement.

Antoine aussi avait trop bu. Il s'en rendit compte trop tard, après avoir livré le fond de sa pensée.

— Parce qu'en plus vous écoutez tout ce que je dis ! Bravo ! Moi qui m'attendais à débiter des inepties qui ne passeraient pas la nuit !

C'était lancé avec sérieux, suffisamment pour qu'Antoine ne sache qu'en penser.

— Ne faites pas cette tête, vous avez tout à fait raison ! assura-t-elle. Vous êtes même au-dessous de la réalité ! Freiner, ça voudrait dire que j'avance encore. Ce n'est plus le cas ! Vous savez depuis combien de temps je ne suis pas partie en vacances ? Dix ans. Depuis que je suis veuve. J'ai pourtant du temps, de l'argent, mais je ne fais rien à part traîner chez moi comme une vieille limace. Je parle à mes petits-enfants sur WhatsApp, je lis des livres, je vais chez le coiffeur une fois par mois, la belle vie, quoi ! En gros, je m'emmerde. Je n'avais pas envie que ça se voie et, effectivement, j'étais mal à l'aise. Donc, oui, c'est pour ça que j'ai sifflé les trois quarts de la bouteille. D'ailleurs, il en reste un fond, je peux ? Quitte à m'épancher sur mes petits problèmes, autant être complètement schlass ! Demain, ou le jour où vous aurez envie de me revoir, je prétexterai que j'étais sous l'emprise de l'alcool. Comme vous êtes quelqu'un de bien élevé, vous ferez semblant d'y croire.

Il y avait deux bonnes nouvelles dans ce qu'elle venait de dire : d'abord, elle ne lui en voulait pas, ensuite, elle avait parlé de se revoir.

— Alors ? Qu'est-ce que vous en dites ?

— J'en dis que vous êtes saoule comme une barrique et que je n'en avais pas espéré autant.

— Vous aimez les femmes saoules ? Vous êtes un pervers, Antoine Lagadec !

— Je voulais dire que je suis heureux qu'à notre premier dîner les conventions n'aient pas pris le dessus.

— Elles ont carrément volé en éclats, vous voulez dire ! Mais promis, je ne dirai à personne que vous m'avez tendu un piège.

— Un piège ?

— Votre croque-monsieur à la Antoine. Vous m'avez attirée dans un traquenard et je me suis fait avoir. « Fait » ! Pas « faite » ! Je ne supporte plus qu'on fasse la faute : intolérance grammaticale. Quarante ans à enseigner le français, ça laisse des traces !

Faustine était en roue libre. Ses joues s'étaient empourprées et ses yeux brillaient. Elle avait aussi, au coin de la bouche, cette fossette qui ressortait dès qu'elle se mettait à sourire.

— Vous allez vraiment vouloir qu'on se revoie ? demanda-t-elle.

— Bien sûr ! D'abord, je passerai chez le caviste faire le plein.

— Vous m'emmènerez dans votre pick-up, on choisira ensemble. Vous porterez les mêmes vêtements et moi, j'aurai un chapeau de paille et des bottes. On aura fière allure !

— Qu'est-ce qu'ils ont, mes vêtements ?

— Il n'y a que vous pour vous habiller comme ça. On vous croirait sorti d'un roman de Jack London !

— Vous n'aimez pas ? C'est pourtant très confortable !

— Avec un fusil et un chapeau en raton laveur, l'illusion serait parfaite ! Vous parlez un peu québécois ?

Antoine n'eut pas le temps de répondre. Déjà, Faustine partait dans un fou rire, et des larmes se mirent à couler sur ses joues. Elle retrouva son calme, et dans son regard se lut une gratitude qu'elle n'avait pas éprouvée depuis longtemps.

— Vous aimez vous occuper des autres, n'est-ce pas ? Vous intéresser à eux, faire en sorte qu'ils aillent bien. Je vous ai entendu parler du terrain de basket avec Clément tout à l'heure. Vous avez raison, ça le démange. De temps en temps, on l'entend faire rebondir un ballon dans son garage.

— Il a dit qu'il en parlerait aux autres.

— J'ai entendu, oui.

Après un instant de silence, elle reprit, plus grave :

— Vous vous souciez aussi de moi. Vous passez régulièrement devant chez moi, vous m'invitez à dîner... Vous aviez raison, la dernière fois.

— À propos de quoi ?

— Des pages qu'il faut continuer à écrire.

— À nos âges, j'espère !

— Je n'étais pas prête à l'entendre, j'ai fui comme une gamine.

— Je ne m'en souviens même pas.

— Si, bien sûr. Je me demande d'ailleurs pourquoi vous faites tout ça pour les autres. Des gens que vous ne connaissiez pas il y a encore quelques semaines. Je vous l'ai dit, vous êtes un vrai mystère.

Le visage d'Antoine s'assombrit. Il lutta pour repousser les images d'un passé qui tentaient de s'engouffrer par la porte que Faustine venait d'ouvrir.

— Vous n'allez pas me répondre ce soir, n'est-ce pas ?

— Je ne sais pas quoi vous dire. J'apprends à vous connaître. Vous, Clément et ceux qui veulent bien parler avec moi.

En la voyant hocher la tête, Antoine sut qu'il n'avait pas été convaincant. Faustine était assez bien élevée pour ne pas insister et prétexta qu'elle devait se réveiller tôt le lendemain. Antoine se leva à son tour quand un bourdonnement troubla le silence. Leurs regards convergèrent vers le tiroir de la colonne du four d'où provenait le bruit d'un portable en mode vibreur.

— Vous ne répondez pas ? s'étonna Faustine.

— Non, c'est probablement une erreur.

— À cette heure ? Vous voyez, encore un de vos mystères.

Ils attendirent un instant et la vibration s'arrêta.

— Ça arrive quelquefois. Je vous raccompagne ?

Dehors, la nuit était tombée sans laisser à la fraîcheur le temps de s'installer. Ils firent les trois cents mètres qui séparaient leurs maisons en marchant lentement, profitant des derniers instants de la soirée. Woopie les accompagnait, reniflant tout ce qu'il pouvait alors que cinq minutes plus tôt il dormait profondément dans le salon.

— Au fait, comment avez-vous su que j'avais besoin d'aide ? demanda Antoine.

— Tout se sait ici. Demain, tout le monde saura que j'ai dîné chez vous.

— Ils sauront aussi pour mes croque-monsieur ?

— Non, je garderai le secret même sous la torture. Le pain de mie imbibé de lait pour qu'il ne soit pas sec, mais pas trop pour qu'il ne se déchire pas. Tout un art, j'ai bien vu.

Ils hésitèrent à s'embrasser sur la joue, avant que Faustine tende sa main. C'était mieux ainsi, ils avaient le temps de franchir les étapes. Ils appartenaient à une génération où l'on savait apprécier ces moments d'attente, même si, parfois, ils ne menaient à rien.

En rentrant, Antoine alla ouvrir le tiroir de la colonne du four. Il n'y avait pas de message sur le répondeur, mais le même nom s'affichait sur l'écran. Depuis qu'il avait quitté Orsay, il n'avait répondu à aucun appel.

6.

En se réveillant le lendemain matin, Antoine réfléchit à la façon dont il pouvait désormais occuper ses journées. Les travaux de rénovation terminés, une éternité s'étendait devant lui. Ce n'était pas avec des livres, comme il l'avait prétendu devant Clément, qu'il allait tromper l'ennui.

Tandis qu'il prenait son petit déjeuner, il repensa aux matchs de basket qui s'étaient joués sur le terrain aujourd'hui à l'abandon. Lorsqu'il sortit promener Woopie, il tenta une expérience, même si elle était vouée à l'échec : il s'assit dans les tribunes à la meilleure place, pour essayer de ressentir l'ambiance, les encouragements des supporters ou le stress des dernières minutes d'un match. Il ferma les yeux, prêt à accueillir les souvenirs de parties qu'il n'avait pas connues. Il tendit l'oreille, attentif au moindre bruit surgi du passé, un rebond de ballon ou un cri d'enfant fier de son papa. En rouvrant les yeux, il vit Woopie face à lui, qui se demandait ce qu'ils faisaient là.

— On s'en va, dit-il en se levant. Même dans le passé, personne ne joue à cette heure.

À l'angle de la rue des Cigognes, curieux de voir à quoi ressemblait Joachim, l'épicier dont il avait entendu parler, Antoine poussa la porte de la boutique, qui fit tinter une clochette. Derrière un comptoir en bois se tenait un homme qui avait largement dépassé la soixantaine, mais voulait paraître plus jeune : le peu de cheveux qui lui restaient étaient teints en un brun foncé qui n'avait rien de naturel. De petite taille, il portait une blouse qui, comme lui, avait passé l'âge de la retraite.

— C'est vous, le nouveau ? Je vous vois passer tous les jours, je commençais à me dire que je n'étais pas assez bien pour vous !

— Je suis désolé, je faisais des travaux chez moi. Mais, j'aurais dû venir plus tôt, vous avez raison.

— Bah, vous êtes là maintenant ! Je m'appelle Joachim. Ici, vous trouvez à peu près tout. Sinon, je passe commande, ce n'est pas un problème.

Malgré l'accueil particulier, Antoine sentit qu'il était le bienvenu. Il se présenta et précisa que, s'il n'avait besoin de rien ce jour-là, il allait quand même jeter un coup d'œil à l'étalage.

— Vous vous plaisez ici ?

— Pour l'instant, oui. C'est calme.

— Ça, pour être calme ! Vous savez que tout le monde se demande ce qui vous a pris de venir à Saint-Ambroise !

— J'ai cru comprendre, oui.

L'épicier n'en saurait pas plus. Alors il chercha une carte de visite dans un tiroir, montra les horaires d'ouverture qui n'avaient pas changé depuis son installation il y a trente ans. Antoine le remercia et s'en alla se perdre dans les rayons de la petite épicerie. L'affichage des fruits et légumes avait été fait à la main, sur des ardoises suspendues, et une balance à l'ancienne était à la disposition des clients. Antoine se crut revenu en enfance, au temps où il accompagnait sa mère pour faire les commissions. Il ne trouva pas les berlingots de lait concentré qu'il glissait discrètement dans le panier, mais les cigarettes en chocolat étaient toujours là.

— Ce sont des trésors que vous avez ici !

Ce retour dans le passé avait quelque chose de savoureux, mais la clochette qui tinta à l'entrée l'interrompit. Antoine prit une boîte de crème de marrons et se dirigea vers la caisse. C'est là qu'il les vit, trois silhouettes à capuche, bandana relevé sur le nez. La plus grande tenait un couteau à cran d'arrêt, les deux autres étaient passées derrière la caisse. En s'approchant, il en vit une quatrième qui faisait le guet devant la porte.

— Retourne t'acheter des bonbons, grand-père, ça te regarde pas ! ordonna celui qui tenait le couteau.

À sa voix, Antoine sut qu'il était jeune, peut-être tout juste majeur. Il continua d'avancer, posa la boîte de crème de marrons sur le comptoir et se planta devant lui.

— Écoute-moi bien, espèce de corniaud : toi et tes débiles, vous allez rentrer sagement chez papa-maman ou je vais tellement vous botter les fesses que vous n'allez plus pouvoir vous asseoir pendant des semaines. Est-ce que ça entre dans la fosse à merde qui te sert de cerveau ou est-ce qu'il faut que je répète ?

Le gamin pouvait toujours tenter de le masquer, les menaces l'avaient déstabilisé. Il n'avait pas face à lui un vieil homme craintif, mais quelqu'un d'imprévisible qui le mettait devant ses responsabilités de petit voyou. Derrière la caisse, ses deux complices ne semblaient pas plus fiers. Quant à celui qui faisait le guet, il ouvrait des yeux tellement ronds qu'il en oubliait de respirer.

— T'es au courant que j'ai un couteau ?

— Et toi, tu es au courant que tu n'as pas l'intention de t'en servir ?

Une nouvelle fois, le môme fut surpris et eut du mal à soutenir son regard.

— T'en sais rien du tout.

— Ah, oui ? Alors vise bien, grogna Antoine en ouvrant lui-même les pans de sa veste. Parce que c'est plus compliqué de tuer un homme que de s'astiquer tout seul dans sa chambre. Qu'est-ce que t'attends, morveux ?

La tension fit un nouveau bond dans l'espace réduit de l'épicerie. Tout cela était grotesque, autant la tentative de vol de la petite bande que l'intervention d'Antoine. Si un téléphone sonnait, quelqu'un ferait un arrêt cardiaque.

— J'me tire, dit soudain un de ceux qui se trouvaient derrière la caisse.

— Moi aussi, dit l'autre en le suivant.

Le voyou au couteau comprit qu'il avait perdu la partie et fit également demi-tour, entraînant le guetteur tétanisé. Une fois dehors, ils remontèrent sur les deux scooters avec lesquels ils étaient venus et disparurent rapidement. Il fallut encore quelques secondes à l'épicier pour qu'il reprenne ses esprits.

— Il aurait pu vous tuer, finit-il par bredouiller.

— Je ne crois pas. Il ne l'a pas fait et ils ne vous ont rien volé, c'est l'essentiel.

— Ce n'était pas raisonnable ! En plus, il n'y avait rien à voler. Ils seraient venus un soir, quand ma caisse est pleine, je ne dis pas, mais un matin à l'ouverture !

— Ce n'est pas la première fois, n'est-ce pas ?

— Non, et pas la dernière ! Seulement, la gendarmerie ne fait rien et le maire refuse d'installer des caméras de surveillance. Tout ça, c'est pour que les gens vendent plus vite, vous comprenez ?

La tension s'évacuait doucement et Antoine ne savait pas ce qui lui avait pris de jouer les justiciers, lui qui ne s'était jamais battu de sa vie. Ç'avait été plus fort que lui. Dès qu'il avait senti le danger, quelque chose l'avait poussé à s'en approcher. Sur la route qui l'avait mené à Jarlieu, le jour où il avait quitté Orsay, il avait accéléré plusieurs fois dans certains virages.

— Combien je vous dois ?

— Comment ?

— Pour la crème de marrons, je vous dois combien ?

L'épicier mit du temps à répondre, peinant visiblement à comprendre comment Antoine pouvait changer aussi vite de sujet.

— Rien, c'est cadeau !

Antoine le remercia, prit la boîte et sortit rejoindre Woopie qui, attaché à un anneau scellé dans le mur à l'extérieur de l'épicerie, n'avait rien saisi du drame qui s'était joué à l'intérieur.

— Vous êtes un ancien des forces spéciales, c'est ça ? demanda Joachim avant que la porte se referme.

Antoine garda son sérieux et se retourna vers l'homme dont les yeux brillaient d'admiration.

— Si ça sort d'ici, je saurai que c'est vous.

L'épicier hocha vivement la tête. C'était un secret entre eux.

Pendant plusieurs jours, on ne parla que de ça à Saint-Ambroise, et même un peu plus loin. Sur le parvis de l'église de la Madeleine, après la messe du dimanche matin, les avis divergeaient : pour certains, Antoine avait montré l'exemple en s'opposant aux voyous qui semaient la pagaille ; pour d'autres, s'il avait remporté une bataille, il fallait s'attendre à des représailles. La gendarmerie, mise au courant, avait fait comme d'habitude : elle avait promis de patrouiller plus souvent dans le quartier, ce qui, jusque-là, n'avait jamais rien donné. Quant à Antoine, il était le premier étonné de l'ampleur que prenait cette histoire. Il admettait avoir encouru quelques risques, mais pas au point de mettre sa vie en danger. Parmi ceux qui le soutenaient, Suzie figurait en tête de liste. À peine eut-il poussé la porte de la brasserie, ce dimanche après-midi, qu'elle sortit de sous son comptoir une bouteille de génépi, « cuvée spéciale », un tord-boyaux distillé dans un alambic non déclaré.

— À mon avis, celui-là, il vaut mieux le boire assis ! dit-elle en venant vers lui. Et des fois qu'on ait du mal à se relever, j'ai descendu les photos des soirées qu'on organisait dans le temps. Vous n'avez rien d'autre à faire ? Parce que chez moi c'est ouvert, mais j'aurai personne. C'est « après-midi VIP », comme qui dirait. À propos, vous savez comment on vous surnomme depuis votre coup d'éclat chez Joachim ?

C'était seulement la deuxième fois qu'il voyait Suzie, et Antoine savait déjà qu'il la considérerait bientôt comme une amie.

— Clint Eastwood ! dit-elle avant qu'il ne pose la question.

Antoine sourit, amusé par la comparaison. L'épicier avait dû raconter la scène des dizaines de fois, l'enjolivant toujours un peu plus. Suzie alla chercher la caisse contenant les photos et revint servir les verres. Il était 15 heures, ils avaient tout l'après-midi devant eux.

Une heure plus tard, Antoine avait la tête comme une pastèque. La faute à Suzie, qui ne concevait pas qu'un verre puisse être vide, même à moitié ; la faute également aux centaines de photos qu'elle avait sorties et commentées, ravivant des souvenirs d'une époque où Saint-Ambroise n'était pas encore mort. Suzie n'étant plus tout à fait nette non plus, elle dévoila quelques aventures extraconjugales, dont certaines la concernaient directement, et des détails cocasses sur les lendemains de fête. Selon la légende, Maurice avait été retrouvé au petit matin dormant sur le terrain de basket avec un panneau de sens interdit dans les bras ; Martine, l'ancienne factrice, était partie en pleine nuit jouer du tambour sous les fenêtres du maire pour qu'il sache qu'elle était capable de mener la fanfare le 14-Juillet. Mais ce qui intéressait Antoine, c'étaient les photos où apparaissait Faustine. Sans hésitation, il reconnut son sourire sur un cliché datant de 1976. Elle portait une courte robe à fleurs et des cheveux longs lissés jusqu'aux fesses. Sur une autre, elle dansait avec son mari, un moustachu en bras de chemise. Sur une troisième, elle posait avec ses enfants. L'étincelle de ses yeux illuminait toujours la photo.

– Ç'a toujours été une belle femme, expliqua Suzie. Douce, mais fragile. Elle n'a jamais aimé les conflits. C'est pas son truc de se défendre, elle préfère se taire ou se cacher. Une fois, un père d'élève l'a harcelée au collège. Elle n'a rien dit pendant des mois, jusqu'à ce qu'elle tombe malade, au point d'être hospitalisée. Elle avait perdu douze kilos et a dû rester à l'hôpital plusieurs semaines. Quand elle a fini par cracher le morceau, son mari est allé casser la gueule au type et tout est rentré dans l'ordre. Comme quoi, les vieilles méthodes ont parfois du bon. Tout ça pour dire que c'est une brave femme et qu'il faut en prendre soin.

Le regard de Suzie ne trompait pas, le message était adressé à Antoine.

— Elle vous a raconté ses pertes de mémoire ? demanda-t-elle.

— Elle m'a dit que ce n'était arrivé qu'une fois.

— Peut-être qu'elle ne se souvient pas des autres. C'est ce que ses enfants pensent, mais allez savoir qui dit vrai.

Faustine avait prévenu, les secrets ne tenaient pas longtemps à Saint-Ambroise. Suzie attrapa la bouteille pour servir un nouveau verre, mais Antoine fut assez prompt pour poser sa main sur le sien.

— J'ai une proposition à vous faire, dit-il sérieusement.

— Il y a une chance pour que ce soit malhonnête ? Parce que ma chambre est juste au-dessus et que je sens bien que l'occasion ne se représentera pas !

— Non, c'est tout ce qu'il y a de plus honnête.

— M'en doutais. Z'avez pas une tête à courir deux poules à la fois, vous ! Allez-y, je vous écoute. Mais allez pas brailler sur les toits que je vous ai fait des avances, parce que, Clint ou pas Clint, vous aurez de mes nouvelles !

Elle avait parlé fort et ses yeux clignotaient comme si elle avait épluché un kilo d'oignons. Antoine tenta de savoir à quel point elle était sérieuse, avant de décider que, toute patronne de brasserie qu'elle était, elle ne tenait pas mieux le génépi que les autres.

— J'ai vu trop grand en voulant repeindre les murs de ma maison, dit-il. Il me reste plusieurs seaux que je peux rapporter au magasin, mais j'ai pensé à autre chose : pourquoi ne pas donner un coup de neuf à votre salle de danse ? Ce serait l'occasion de faire revivre les soirées d'antan.

— Vous êtes sérieux, là ?

— Oui, pourquoi ?

— Vous êtes encore plus dingo que je pensais !

Antoine était déçu. L'idée avait germé dans la nuit et il avait pris la matinée pour en mesurer les conséquences. Si les soirées chez Suzie avaient marqué à ce point l'histoire du quartier, rénover la salle était un bon moyen de la réveiller. Il s'attendait bien à quelque résistance, mais pas de la part de la principale intéressée.

— J'ai dit que vous étiez dingo, pas que j'étais contre ! Vous imaginez nos vieux grincheux se mettant sur leur trente et un pour venir se déhancher ici ?

— De mon temps, c'étaient d'abord les femmes qui voulaient aller au bal. Je me disais que c'était à elles qu'il faudrait soumettre la proposition.

— Vous avez pensé à tout, vous ! C'est vrai que, si on attend après les bonshommes, on n'est pas arrivé. Par contre, j'en connais deux ou trois qui seraient partantes avant même que j'aie fini de poser la question. Vous nous donneriez un coup de main ?

— Pourquoi pas ?

— Alors, topez là ! Je ne sais pas où ça va nous mener, mais ça aura le mérite de mettre un peu d'ambiance. J'ouvre une autre bouteille pour fêter ça ?

Antoine déclina l'offre alors qu'elle se levait déjà pour aller vers le bar. Il se leva à son tour, sentit une ancre de paquebot cherchant à le rasseoir et dut s'appuyer à la table pour rester debout.

— J'avais prévenu qu'il cassait un peu les pattes, çui-là ! Il m'en reste quelques-unes, on les sortira pour fêter la fin des travaux !

Antoine jeta un dernier coup d'œil aux photos étalées sur la table et s'attarda sur celle où Faustine posait avec ses enfants. Elle ignorait que, trente ans plus tard, les deux garçons qu'elle tenait sur ses genoux la pousseraient à vendre sa maison.

— Vous me tenez au courant, dit-il en se dirigeant vers la sortie. S'il faut acheter du matériel, j'ai mon pick-up.

— Vous avez un portable où je peux vous joindre ?

— Non, mais vous savez où j'habite et je passe devant chez vous deux fois par jour.

7.

Comme prévu, la nouvelle ne mit pas vingt-quatre heures pour faire le tour de Saint-Ambroise. Il en fallut moins pour qu'une délégation, composée uniquement de femmes, se présente chez Suzie et s'assoie autour d'une table pour valider le projet. Toutes étaient ravies de délaisser leur télé, leurs travaux de couture, l'entretien de leur maison et, pour certaines, un mari qui râlait pour un rien, invivable parfois, et qui ferait bien de lever ses fesses du canapé s'il ne voulait pas se retrouver célibataire, voire cocu. Anita, ancienne secrétaire médicale divorcée depuis longtemps, avouait d'ailleurs avoir sauté sur l'occasion pour voir de plus près celui qu'on surnommait Clint Eastwood, jurant qu'elle n'hésiterait pas, si elle entrevoyait la moindre ouverture, à se ruer dans les bras du justicier. Suzie eut beau lui dire que la place n'était a priori plus à prendre, elle n'en démordait pas, assurant qu'elle n'avait plus l'âge d'être jalouse et que, de toute façon, elle avait toujours été partageuse.

— Tu m'étonnes !

Claire, qui était assise juste à côté, la fusillait du regard. Trente ans plus tôt, elle avait trouvé Anita en petite tenue dans le garage de son mari. Au silence qui suivit, tout le monde comprit que le projet commençait mal. Anita semblait toutefois désolée de s'être laissé emporter par l'excitation et ne voyait pas comment rattraper le coup.

— Tu sais ce que je regrette le plus ? demanda alors Claire. De vous avoir interrompus. Peut-être que toi, tu aurais su le réveiller, le pépère, parce que déjà à cette époque il manquait de vigueur. Et ça ne s'est pas arrangé avec le temps ! Tenez, quand on parle du loup...

Toutes tournèrent la tête vers le trottoir où marchait Rémy, bedaine au vent et sourire innocent. L'ancien chauffagiste adressait un signe de main à sa femme et à celles qui le regardaient passer, sans se douter qu'on parlait de lui.

— Je comprends qu'il t'ait fait rêver, mon Chamallow !

La réflexion de Claire déclencha des rires de toutes parts. Il y avait prescription et, plus important encore, rien ne devait enrayer la belle énergie qui venait de naître entre les filles. La décision de rénover la salle de danse fut entérinée avec, en point de mire, une inauguration le 29 septembre, date officielle de la création du quartier, soit un peu moins de deux semaines plus tard : à condition de bien s'organiser et de ne pas mollir, l'objectif était réaliste. L'essentiel du travail consistait à poncer le sol et les murs, huiler le premier et peindre les seconds, refaire l'électricité pour la mettre aux normes, avant d'investir dans une sono moderne puisque, désormais, toute la musique était numérisée. Si aucune n'avait de compétence particulière dans l'un ou l'autre domaine, rien ne semblait impossible : il y avait sur Internet des tutos qui expliquaient tout de A à Z. Par prudence, elles furent toutefois d'accord pour confier la remise en état de l'électricité à un professionnel. Il n'y avait pas à chercher bien loin, le mari de Sabine en avait fait son métier. Et s'il refusait de donner un coup de main, les Pages Jaunes étaient là pour ça. Il ne restait plus qu'à se répartir les tâches et à établir le programme.

Les jours qui suivirent, l'ambiance ne fut pas à la fête pour tout le monde. Les travaux occasionnaient beaucoup de bruit et autant de poussière, aussi Suzie avait-elle opté pour une fermeture momentanée de la brasserie, obligeant ses habitués à se réunir dans un bar hors de Saint-Ambroise. Certains trouvaient bizarre qu'il ait fallu l'arrivée d'un nouveau dans le quartier pour que leurs femmes ressentent subitement l'envie de danser. Les plus renfrognés, Charles en tête, voyaient même d'un mauvais œil que des septuagénaires revendiquent un soudain regain de jeunesse, qualifié en petit comité de « crise d'adolescentes attardées ». Qu'Antoine joue les héros à l'épicerie n'était pas non plus du goût de Charles, qui prédisait colère et représailles des voyous. Sa mauvaise foi n'avait rien de nouveau, mais ces critiques furent celles de trop pour Mireille, sa femme, qui décida du jour au lendemain de faire chambre à part, de ne plus lui préparer à manger et de rejoindre le groupe des bricoleuses. Autant dire que la guerre était déclarée chez les Michaud.

Si la grogne dominait parmi les hommes, les travaux entrepris par les femmes posaient des problèmes de conscience à certains. Au Blue Gin, le bar dans lequel ils avaient établi leur nouveau QG, les avis divergeaient sur la conduite à tenir. Les uns voyaient une fronde menée par les femmes, les autres reconnaissaient que leur initiative avait le mérite de redonner un peu de vie au quartier. C'était notamment le cas de Jules, le mari de Sabine, qui avait accepté de s'occuper de l'électricité, et plus étonnamment celui de Maurice, l'as des jumelles, qui trouvait qu'il était temps de se dégourdir un peu. Quand on lui avait demandé de quelle façon, il avait d'abord tourné autour du pot, avant de se lancer en pensant que personne ne le verrait venir.

– Je referais bien du vélo. D'abord ça me fera prendre l'air, ensuite le toubib a dit que c'était bon pour le cœur.

Autour de la table, on échangea des regards étonnés, jusqu'à ce que Jérôme sonne l'hallali.

– Prendre l'air, je veux bien. Bon pour le cœur, ça dépendra à quelle vitesse pédale la petite banquière !

– Ton toubib, tu lui as demandé des vitamines ? Parce que, même si t'arrives à la suivre, faudra encore que tu puisses lui parler.

– C'est peut-être comme ça qu'il a le plus de chances ! Parce que s'il raconte l'histoire du rideau tombé chez les Pinel elle va se demander ce qu'il lui veut, Eddy Merckx.

— Je serais toi, j'irais directement ouvrir un compte à la banque. Au moins, tu ne la rateras pas !

Alors que tout le monde s'était attendu à le voir bafouiller en cherchant à se défendre, Maurice avait opposé un sourire énigmatique que personne n'avait su déchiffrer. Il s'était ensuite levé et avait quitté le bar sans s'énerver, laissant la tablée perplexe.

Au milieu de cette agitation et bien qu'il en fût à l'origine, le seul à rester discret fut Antoine. Comme promis, il avait donné un coup de main, d'abord en allant louer une ponceuse à parquet, puis en faisant quelques allers-retours avec son pick-up jusqu'au magasin de bricolage, mais il avait ensuite préféré se mettre en retrait. Si Suzie l'avait définitivement adopté, il avait conscience que ce n'était pas le cas de tout le monde et il ne voulait pas qu'on dise qu'il était venu à Saint-Ambroise pour tout chambouler. Ce projet était avant tout celui des femmes, il n'avait fait qu'en émettre l'idée, chacun restait ainsi à sa place.

Le mercredi de la première semaine de travaux, en rentrant d'une promenade avec Woopie, il aperçut deux hommes et une femme en train de faire du porte-à-porte. Il n'en connaissait aucun, mais comprit qu'il s'agissait des commerciaux prêts à dégainer le carnet de chèques de Delannoy. La rencontre serait restée anodine si le plus grand des deux hommes avait eu un autre visage. Ce n'était pas un sosie, mais les traits et le regard lui causèrent un choc. À mesure que se réduisait la distance qui les séparait, Antoine sentit ses forces l'abandonner, au point d'être incapable de répondre au « bonjour » qu'ils lui adressèrent en le croisant.

Dès qu'ils l'eurent dépassé, il pressa le pas. Il devait retrouver sa maison au plus vite, s'y enfermer et s'allonger sur son lit. Il connaissait les erreurs à ne pas commettre : ne pas essayer de résoudre les problèmes, c'était trop tard ; ne pas refaire l'histoire, elle était écrite et personne ne pouvait la modifier. Il ne servait à rien non plus de hurler ou de fracasser contre les murs tout ce qui lui tombait sous la main. Ça aussi, il avait essayé. Il en était sorti exténué et rien n'avait changé. Il devait accepter la situation et se calmer.

Woopie sentit qu'il se passait quelque chose. Au lieu d'aller jouer dans le jardin, il suivit son maître à l'étage, le regarda se coucher et le rejoignit discrètement en attendant que la tempête retombe. Lorsqu'on sonna à la porte, il grogna doucement. À la seconde sonnerie, Antoine se leva sans bruit et s'approcha de la fenêtre en restant caché derrière les rideaux. Il n'y eut pas de troisième sonnerie. Dehors, l'homme qui l'avait plongé dans cet état d'abattement s'éloignait tranquillement.

Clément l'avait averti que les commerciaux revenaient toujours. Ce jour-là, il faudrait qu'Antoine trouve assez de ressort en lui pour ouvrir sa porte. S'il n'y parvenait pas, il se condamnait à craindre chaque coup de sonnette, chaque silhouette d'homme en costume. Ce n'était pas pour ça qu'il avait fui Orsay. Il était venu à Jarlieu chercher la paix. Pour l'instant, il ne l'avait pas trouvée.

L'après-midi, la morosité ne l'avait pas quitté. Il avait à peine déjeuné et rien ne lui faisait envie. S'il avait eu une télévision, il l'aurait allumée et se serait planté devant, sans la regarder, juste pour que le monde bouge, lui rappelle qu'il existait une vie quelque part. Vers 15 heures, il prit une décision : sortir et rouler au hasard au volant du pick-up.

Il sillonna les routes de Bourgogne-Franche-Comté, droit vers les montagnes du Jura aperçues depuis le banc du bout du monde. Le vieux pick-up n'avait pas de GPS et avalait courageusement les kilomètres, peu impressionné par le dénivelé. Antoine traversa des villes dont il ignorait le nom, puis Lons-le-Saunier, puis de nouveau des endroits dont il n'avait jamais entendu parler. Après Orgelet, il enjamba l'Ain par le pont de la Pyle. La rivière était plus large qu'il ne l'aurait pensé et se confondait plus loin avec le lac de Vouglans. Il prit ensuite vers Morbier comme il aurait pu choisir Nantua ou Saint-Claude, plus au sud. Peu importait, l'essentiel était de se perdre dans l'immensité du paysage. Faustine avait raison, c'était un bel endroit pour randonner. À Morbier, il s'arrêta pour laisser Woopie se dégourdir les pattes et en profita pour admirer les deux viaducs, l'un en ville, l'autre à flanc de montagne. Les deux ouvrages, construits au début du XIXe siècle, impressionnaient par leurs dimensions. Sans doute certains avaient-ils dit qu'ils étaient impossibles à réaliser et les avaient-ils relégués au rayon utopies. Ceux qui s'étaient attelés à la tâche avaient persévéré parce qu'ils croyaient en leurs rêves.

C'était peut-être ce qu'Antoine était venu chercher, inconsciemment, l'œuvre lente et acharnée qui avait permis de relier deux points, comme lui cherchait le moyen de relier le passé au présent. Enfin, sa respiration s'apaisait. Enfin, le nuage noir qui l'avait cerné de toutes parts se dissipait. Il avait de nouveau un avenir, ce dont il avait douté. Il ignorait, en revanche, si cet avenir était durable.

Pour rentrer, il fit une boucle vers le nord, se perdit à Clairvaux-les-Lacs, avant d'apercevoir une pancarte indiquant Lons. Il restait un peu plus d'une heure au soleil pour se coucher. En marquant le stop à une intersection, à quelques kilomètres de Jarlieu, Antoine vit une silhouette près d'un arbre planté au milieu d'un champ de blé. Il chercha d'abord à comprendre comment cette personne avait pu s'avancer aussi loin, avant de repérer un chemin qui coupait le champ en deux. Il ralentit et distingua une jeune fille en train de prendre des photos. Il reconnut le sac à dos qu'elle portait sur les épaules. Il vérifia dans le rétroviseur qu'il n'y avait personne et fit marche arrière pour se garer sur le bas-côté. Dès qu'il descendit du pick-up, suivi de Woopie, trop heureux de pouvoir gambader dans la nature, la jeune fille se rapprocha du vélo couché dans l'herbe. Pour lui montrer qu'elle n'avait rien à craindre, Antoine fit des gestes amicaux. Quand il fut assez près pour lui parler, il désigna son appareil photo.

— Vous avez l'œil, c'est un endroit magnifique. Surtout avec les blés qu'on n'a pas encore coupés.

La jeune fille n'était pas majeure, ce qui rendait sa présence ici d'autant plus étonnante.

— Vous êtes passionnée de photographie ? demanda-t-il.

Il faisait tout pour la mettre à l'aise et gardait suffisamment de distance pour qu'elle se sente en sécurité. Néanmoins, une poignée de son vélo toujours dans la main, elle était prête à filer.

— C'est mieux que de traîner avec des voyous, dit-il encore.

Il avait beau sourire, les yeux de la jeune fille s'agrandirent comme des soucoupes et sa bouche resta entrouverte.

— C'est à cause de votre sac à dos. J'ai travaillé longtemps avec des photographes, beaucoup en avaient de ce genre-là. Rigide, étanche, assez compact pour loger deux appareils et plusieurs objectifs. Du bon matériel, vous avez raison, il ne faut pas lésiner.

La jeune fille ne bougeait toujours pas et fixait Antoine, incapable de poser son regard ailleurs.

— J'avais un petit doute en approchant, jusqu'à ce que je voie vos chaussures, dit-il. Ce genre de détail peut être fatal avec des caméras de surveillance.

En baissant les yeux vers ses lacets dorés attachés en étoile, l'adolescente sut qu'elle était démasquée.

— Vous allez me dénoncer ?

— Ça dépend.

— De quoi ?

— De ce que vous allez me dire. Des raisons qui vous ont poussée à faire le guet à l'épicerie, pour commencer. Ensuite, je voudrais comprendre comment on peut être à la fois délinquante et photographe. Pour finir, et ce sera peut-être ce qui emportera ma décision, j'aimerais voir comment vous avez photographié cet arbre.

— Vous vous y connaissez en photo ?

— Pas mal, oui. Je m'appelle Antoine. Et vous ?

Enfin, elle laissa retomber son vélo dans l'herbe, comprenant qu'il était inutile de nier ou d'enrober des mensonges dans une demi-vérité. L'homme en face d'elle avait l'âge d'être son grand-père et semblait davantage animé par la curiosité que disposé à la juger ou à lui faire la morale. C'était le même qui, à l'épicerie, avait fait déguerpir ses trois acolytes, dont un avec un couteau. Cette fois, il se dégageait de son regard une indulgence qui la rassurait.

— Je m'appelle Louise, j'ai dix-sept ans et je vais encore au lycée parce qu'il paraît que la médecine n'attend que moi. C'est ce que pensent mon père, chirurgien à Dijon, et ma mère, pharmacienne à Jarlieu. S'ils me voyaient ici, ils feraient une attaque. Vous comprenez, la photo, c'est un hobby, pas un métier. Mais c'est un hobby qui coûte cher et il est hors de question qu'ils m'aident financièrement, alors je me débrouille comme je peux : un peu de baby-sitting par-ci, une contribution à un hold-up par-là. C'était la seconde fois, à l'épicerie. Grâce à vous, j'ai été virée de la bande. Il paraît que je porte la poisse !

— Désolé. Que s'est-il passé la première fois ?

— On a crevé en arrivant devant une boulangerie. C'était même pas mon scooter, mais c'est moi qu'on a accusée ! Vous le croyez, ça ?

Là était tout le problème. La jeune fille avait débité son histoire sans sourciller, avec une telle désinvolture que la balance pouvait pencher soit vers le mensonge travaillé en amont, soit vers une totale indifférence à ce qui pouvait lui arriver. Une autre possibilité, moins agréable, était qu'elle se moquait ouvertement de lui. Elle avait répondu à deux questions, il en restait une avec laquelle elle ne pouvait pas tricher.

— Admettons que votre histoire soit assez loufoque pour être vraie. Vous avez dit vouloir devenir photographe, j'imagine que vous avez du talent ou que vous pensez en avoir ?

Pour toute réponse, la jeune fille tendit son appareil sans faire un pas vers lui. Si Antoine voulait le savoir, il n'avait qu'à se déplacer.

Sur la première série de photos, il vit une mésange bleue sur une branche, face au soleil couchant. L'oiseau semblait avoir pris la pose, fier de ses couleurs. Sur une autre, les blés tardifs avaient été saisis au ras de leurs épis, donnant l'impression qu'ils s'étendaient à perte de vue, comme le Sahara. Puis il arriva à l'arbre, fils unique d'un champ entièrement consacré à la culture. Sans doute Louise était-elle venue plusieurs fois en repérage pour savoir à quel moment la lumière transformait la nature en tableau.

– C'est un orme rouge, dit-elle en devinant où il en était. Il paraît qu'il soigne toutes sortes d'inflammations, c'est pour ça qu'il est toujours là. S'il ne servait à rien, on l'aurait coupé. On n'aime pas trop ce qui ne sert à rien.

Louise n'avait pas menti sur l'essentiel : elle avait un vrai talent, qu'Antoine apprécia. Une adolescente photographiant un arbre en pleine nature, cela signifiait qu'il y avait encore de la poésie en ce bas monde, donc de l'espoir.

– Dommage que tes parents ne voient pas ces photos, dit-il en lui rendant l'appareil.

– Je leur ai montré une toile d'araignée mouillée par la rosée, une fois.

Comme elle ne poursuivait pas, il lui demanda ce qu'ils en avaient pensé.

– Ils ont vu une toile d'araignée mouillée.

L'anecdote rendit la jeune fille encore plus attachante. Louise était comme la mésange qu'elle avait photographiée, à la fois fière et fragile.

– Vous allez me dénoncer ou pas ?

– Pour quoi faire ? Vous avez été virée de la bande.

L'adolescente fronça les sourcils, pas certaine de s'en tirer à si bon compte. L'instant d'après, pourtant, Antoine s'en retournait sur le chemin.

– Dites, monsieur ?

L'effronterie avait laissé place au doute. En se retournant, Antoine crut que tout cela n'était qu'un mirage. L'unique arbre au milieu du champ, les blés qu'on n'avait pas encore coupés, une elfe immortalisant les lieux avec son appareil photo…

— Je pourrais vous photographier ?

Sans qu'il se l'explique, la proposition l'électrisa. Il n'était pas question de narcissisme, mais de la promesse de revoir cette gosse unique en son genre.

— Tu connais Saint-Ambroise ? 63, rue des Lupins. Tu verras le pick-up devant la maison. Si tu viens pour me voler…

— Vous me botterez les fesses jusqu'à ce que je ne puisse plus m'asseoir ! termina-t-elle à sa place.

Il acquiesça en rejoignant son pick-up, un large sourire dessiné sur le visage. Un peu plus loin, Woopie jaillissait des blés, un bâton dans la gueule en guise de trophée. Ni l'un ni l'autre ne voyaient le regard brillant d'émotion de la jeune fille. Enfin, quelqu'un la comprenait.

8.

Deux jours plus tard, le parquet de la salle de danse avait été poncé et une première couche d'huile de lin passée. Suzie en avait profité pour traiter également le côté brasserie, un coup de neuf donné à l'établissement et à son moral. Il fallait désormais laisser sécher vingt-quatre heures, le temps que l'huile pénètre, avant d'égrener pour obtenir une jolie finition. En attendant, les filles avaient l'après-midi libre.

Faustine avait tardé à répondre à l'invitation de Suzie, mais la curiosité l'avait finalement poussée à rejoindre l'aventure. Elle avait enfilé de vieux vêtements et retroussé ses manches, déplacé des tables et des dizaines de chaises, passé une serpillière humide sur les murs et les plafonds pour les dépoussiérer, perdu le compte des fois où elle était montée et descendue d'un escabeau, et avait ressenti, dès le lendemain, des courbatures un peu partout. Elle avait cependant pris plaisir à retrouver des amies qu'elle ne faisait que croiser dans la rue, à prendre des nouvelles et à échanger des souvenirs, et avait accepté les sourires en coin et les plaisanteries dès que le nom d'Antoine surgissait dans les conversations. Si on l'avait félicitée de lui avoir tapé dans l'œil, on l'avait aussi priée, Anita en tête, de se décider vite parce qu'il y avait une file d'attente longue comme le bras. Faustine avait admis qu'Antoine possédait beaucoup de charme, avant de certifier qu'elle passait son tour.

— Attends un peu avant de te pointer dans son garage en petite tenue, avait conseillé Claire à Anita. Les intellectuelles, ça réfléchit toujours longtemps.

— Parce que moi, je ne réfléchis pas ? s'était offusquée Anita.

— Si, mais moins longtemps.

L'après-midi de repos tombait à pic : les dos, les épaules et les jambes avaient besoin de répit et les esprits de s'aérer.

Un peu après 14 heures, Faustine avait fini de déjeuner et s'apprêtait à rejoindre sa chambre avec un livre dont elle savait qu'elle ne lirait pas dix pages avant de s'endormir. Lorsqu'on sonna au portillon, elle regarda par la fenêtre et ne put réprimer un picotement au ventre en apercevant Antoine. La remarque de Claire à propos des intellectuelles était encore fraîche dans sa mémoire et, par esprit de contrariété ou simplement parce qu'elle en avait envie, elle sortit pour savoir ce qu'il voulait.

— Bonjour, fit-il dès qu'il la vit. En passant devant la brasserie, j'ai appris que vous aviez quartier libre. Voulez-vous m'accompagner pour une balade en pick-up ? Vous connaissez la région, vous pourriez me servir de guide ?

Faustine jeta un coup d'œil alentour pour s'assurer qu'aucune bricoleuse n'était en train d'épier sa réaction. Rassurée de ne voir personne, elle s'avança jusqu'au portillon, une façon de se donner du temps pour réfléchir. Claire n'avait pas tout à fait tort, les intellectuelles n'étaient pas faites pour les réactions spontanées. Antoine était sur le point de dire qu'il aurait dû prévenir et que ce serait pour une prochaine fois, quand elle répondit qu'elle acceptait. Elle n'avait pas quitté Jarlieu depuis longtemps et il était hors de question de refuser un tour de pick-up. Le temps d'aller chercher un pull, un chapeau, des lunettes de soleil, de se brosser les dents en quatrième vitesse et de tomber, par hasard, sur le parfum qu'elle ne mettait plus depuis longtemps, et elle se présenta sans rougir devant Antoine.

— Vous êtes très élégante, dit-il en allant ouvrir la portière côté passager. Je ne suis pas sûr que mon pick-up vous mérite.

— Au contraire. Années 1950, trois vitesses et pas plus de quatre-vingts à l'heure, on va très bien s'entendre !

— Vous vous y connaissez en voitures ?

— Pas du tout ! J'ai fait des recherches sur Internet. Je voulais savoir quel genre d'homme conduit ce genre de véhicule.

— Et qu'avez-vous trouvé ?

— Des fermiers de l'Iowa, des représentants de commerce du Montana… et Clint Eastwood, dans plusieurs de ses films. Choisissez celui que vous préférez, je ne suis pas difficile.

Antoine sourit, appréciant l'aisance avec laquelle elle pouvait se moquer d'elle-même. En sonnant à sa porte, il avait estimé à une sur dix les chances qu'elle accepte de l'accompagner.

– Vous avez déjà fait la route des vins ?

– En Alsace, il y a longtemps.

– Vous allez me prendre pour une alcoolique, mais celle de Bourgogne vaut le coup d'œil. Surtout en ce moment, les vignes sont pleines de raisins.

Une fois traversé Chalon-sur-Saône, les premiers noms de grands vins apparurent sur les panneaux. D'abord Mercurey, puis Chassagne-Montrachet et, plus loin, Meursault, Volnay, Pommard… Le vieux pick-up était taillé pour rouler sur ces départementales rectilignes, comme il l'avait fait dans sa jeunesse à travers les plaines d'Amérique. C'était un voyage hors du temps où chacun, pendant de longues minutes, pouvait ne rien dire. Tout autour s'étendait un monde fantastique par sa simplicité : des champs, des vignes et, au loin, les reliefs d'une nature qui s'était un jour étirée vers le ciel.

– Je me demande si je dois trouver ces paysages tristes ou beaux, s'interrogea Faustine.

– Pourquoi tristes ?

– Je ne sais pas, une impression.

Antoine n'eut pas le temps de réfléchir à ce qu'elle avait voulu dire que Faustine changeait de sujet.

– Vous avez déjà fait les vendanges ?

– Jamais, non. Et vous ?

— Avant d'enseigner, plusieurs fois. C'est épuisant, mais il y a des compensations : le soleil, les nuits blanches, les premières payes dont on est fier. J'ai poussé mes enfants à y aller, seule l'aînée a essayé. Les garçons avaient mieux à faire, paraît-il.

— Vous le regrettez ?

— Quand on habite dans la région, l'expérience vaut d'être vécue. C'est parfois difficile de comprendre ses propres enfants.

Antoine s'attendait à ce que le sujet passe comme les autres, mais Faustine avait besoin de se confier.

— Avant, je ne comprenais pas les gens sans enfants. Je trouvais ça tellement triste et presque égoïste. Aujourd'hui, je suis moins catégorique.

— Qu'est-ce qui vous a fait changer d'avis ?

Faustine prit son temps avant de répondre. Le sujet était sensible et elle devait trouver les mots justes.

— Quand ils sont petits, on sait qu'ils auront une vie différente de la nôtre, qu'ils choisiront seuls les gens avec qui la partager, mais on est persuadé qu'on gardera une complicité infaillible. On ne s'inquiète pas, à l'adolescence, quand ils disent le contraire de ce qu'on pense, on se rassure auprès des parents qui sont passés par là. Seulement, il arrive que les chemins s'éloignent tellement qu'on finit par ne plus se comprendre. Vous continuez à les aimer, mais les liens se sont distendus et vous savez que vous ne pouvez rien y faire. Bien sûr, vous n'en parlez jamais à personne, sauf à un psy ou à un inconnu qui vous emmène vous perdre dans les vignes à bord de son vieux pick-up.

Surtout continuer à rouler, le regard fixé au loin. Ne pas s'arrêter sur le bas-côté, encore moins faire un écart sur la gauche au moment de croiser un poids lourd. Pas un mot non plus qui en entraînerait un autre, puis des milliers. Simplement garder les mains sur le volant et ne penser à rien. C'était impossible, Antoine le savait. Autour du chaos surgi sans crier gare, rien ne prouvait que le monde était encore vivant.

– Antoine ?

Ce n'était pas la première fois qu'elle l'appelait. À ses mains blanches crispées sur le volant, Faustine s'était rendu compte que quelque chose n'allait pas. Elle avait tourné la tête et vu son regard perdu vers l'horizon. La tension, trop forte, provoquait chez elle toujours la même réaction. Il fallait qu'elle dise quelque chose, n'importe quoi, qu'elle lance une bouée au hasard. Tout pour rompre le silence assourdissant.

– On dirait que j'ai bien plombé l'ambiance, moi ! C'est à cause de ces paysages monotones, ils font remonter une amertume que je ne contrôle pas. C'est idiot pour une Bourguignonne, mais c'est la même chose quand je regarde la mer. Ne pas voir ce qu'il y a au bout m'angoisse et je dis n'importe quoi. Là, c'est tombé sur mes enfants. Je ne vous ai pas choqué, j'espère ?

– Non, pas du tout.

Elle n'était pas dupe, la réponse en valait une autre. L'important était qu'Antoine refasse surface.

— La seule chose qui pourrait me sauver, ce serait que tous les parents vivent la même chose et jouent la mélodie du bonheur de peur qu'on les juge indignes ! Ce serait logique, après tout. Quand on dit qu'on ne choisit pas sa famille, on parle aussi des enfants, non ?

— Je ne sais pas. Oui, sans doute.

— Non, Antoine, pas les enfants ! Je plaisantais ! Enfin, je crois.

Antoine ne savait plus ce qu'il devait penser et tentait de remettre de l'ordre dans ses idées.

— On va instaurer une règle, si vous voulez bien, proposa Faustine. Tout ce qui se dit dans le pick-up reste dans le pick-up ! Autre solution, on trouve une cave et on se tire-bouchonne le foie jusqu'à oublier cette discussion. Droit devant, il y a Beaune, Nuits-Saint-Georges et Gevrey-Chambertin. Au moins, on ne boira pas de la piquette !

Il fallut quelques secondes à Antoine pour retrouver son calme. Une tempête avait soufflé fort sous son crâne, au point de le déstabiliser. Il n'avait pas, comme Faustine, cette capacité à tout tourner en dérision. À soixante-dix ans, il y avait encore des émotions qu'il ne maîtrisait pas.

— Tout ce qui se dit dans le pick-up reste dans le pick-up ! dit-il à son tour en tendant la main pour conclure le marché.

Avant qu'elle reprenne la sienne, Antoine referma doucement les doigts pour la garder. C'était le deuxième contact physique après une poignée de main cordiale le soir où il l'avait raccompagnée chez elle. Faustine continua de regarder devant elle, à son tour légèrement perdue. Ce n'étaient que deux mains qui se touchaient, c'étaient aussi un milliard de mots et de sentiments qui se bousculaient, semant la cacophonie dans sa tête.

— Je vous l'ai dit, j'ai peur d'être trop vieille pour ça. C'est très gentil à vous de me laisser croire le contraire, mais la réalité ne plaide pas en ma faveur.

— J'ai toujours pensé que la réalité était une valeur subjective. Je ne sais plus quel philosophe l'a dit, ni quand, mais il avait raison.

Parmi tous les textes lus dans sa vie, Faustine fouilla dans sa mémoire à la recherche de la citation qui s'en rapprochait.

— Vous ne trouverez pas, dit-il. Antoine Lagadec, septembre 2023.

— Parce qu'en plus vous lisez dans mes pensées ?

— En plus de quoi ?

Faustine avait toujours sa main dans la sienne et ne faisait rien pour l'en dégager. Son cerveau en ébullition et sa gorge sèche la ramenaient à des temps lointains où son cœur pouvait s'emballer pour un simple regard. « En plus de quoi ? » avait demandé Antoine. En plus d'être délicat, élégant, sensible, en plus d'être drôle et touchant à la fois, en plus de s'intéresser à elle et de réveiller des émotions qu'elle croyait enfouies à jamais.

— Non, rien.

— Je lis ce que vous me laissez lire. Je vous rappelle d'ailleurs que c'est vous qui m'avez incité à lire !

— Je parlais de romans !

Ils avaient quitté Pommard et arrivaient à Beaune. Antoine libéra la main de Faustine pour rétrograder avant le rond-point et ne se formalisa pas lorsqu'elle la reprit. Il l'avait gardée plus longtemps qu'il ne l'avait espéré, et avait même craint qu'elle ne se fâche et demande à rentrer. Il comprenait qu'elle ait besoin de temps pour envisager de poursuivre ou non dans cette voie. Il n'était pas beaucoup plus sûr de lui et n'avait rien prémédité. Le besoin de sentir la vie battre quelque part s'était imposé, ce dont il avait un instant douté.

— Vous ne connaissez pas Beaune ?

— Ni Beaune ni aucune des villes qu'on a traversées.

— Alors prenez tout droit. Vous allez au moins en goûter les vins. Ensuite, je vous emmènerai visiter la basilique Notre-Dame.

— Il ne serait pas plus sage de faire l'inverse ?

— Depuis quand vous souciez-vous d'être sage ?

9.

La place du Général-Leclerc, octogonale, et ensoleillée à cette heure, offrait un retour de plusieurs siècles en arrière, à l'époque où l'on avait creusé les premières fondations de la basilique, située à quelques mètres.

À la Maison du Colombier, qui proposait des dégustations de vins et des spécialités culinaires, Faustine se laissa tenter par un meursault blanc et conseilla à Antoine un morey-saint-denis 2009, un des derniers grands millésimes. Rien qu'à en sentir l'arôme, il était d'accord avec elle : aucun rapport avec de la piquette ! Dans ce cadre, ils parlèrent de l'humeur joyeuse que suscitait la rénovation de la salle de danse. D'après Faustine, les hommes avaient compris qu'un train venait de démarrer et qu'ils n'étaient pas dedans. Elle revint également sur l'intervention d'Antoine à l'épicerie. Rien, à son sens, ne justifiait de risquer un coup de couteau.

— C'est votre manie de vous occuper des autres. Un jour, ça va vous jouer des tours. Vous avez toujours été comme ça ?

— Avant, je travaillais. J'étais même tout le contraire.

— Et vous vous êtes dit qu'une fois à la retraite vous alliez rattraper le temps perdu et enfiler une cape de justicier pour tous les malheureux de la terre ?

— Pourquoi pas ?

— Mais parce que vous ne pouvez pas faire cesser à vous seul la misère du monde ! En moins d'un mois, vous avez convaincu Suzie et une dizaine de femmes à qui vous n'aviez jamais parlé de rénover la salle de danse. Vous avez empêché Joachim de se faire dépouiller, et vous avez suggéré à Clément de se remettre au basket. Le reste du temps, vous le passez avec moi parce que je vous ai dit que je m'emmerdais.

— Pas seulement pour ça.

— D'accord, pas seulement, mais quand même ! Vous pensez d'abord aux autres, c'en est presque maladif. Vous avez quelque chose à vous faire pardonner ?

— Comme tout le monde, non ?

Faustine discerna un léger sourire sur son visage et sut qu'il plaisantait.

— C'est très chrétien, comme idée. Vous dites ça parce que la basilique est à deux pas ? Vous pensez que Dieu nous entend ?

— J'aimerais autant pas.

— Vous avez raison. S'il nous entend, il peut aussi lire dans nos pensées.

— Et ?

— Et c'est la dernière fois que je bois du vin avec vous parce que je finis toujours par dire n'importe quoi !

À aucun moment ils n'évoquèrent leurs mains qui s'étaient jointes. Ils profitaient de l'après-midi aux airs de vacances, conscients que le sujet s'imposerait de lui-même, à un moment ou à un autre.

Les animaux n'étaient pas admis à la basilique, aussi choisirent-ils de rentrer. Ils empruntèrent la D970, une départementale encore plus rectiligne que celle choisie à l'aller. Il était 17 heures et la température avait à peine baissé. Après qu'ils eurent dépassé Verdun-sur-le-Doubs, Faustine demanda à Antoine de s'arrêter.

— C'est encore votre amertume qui se réveille au milieu des champs ?

— Pas cette fois. Je ne me vois pas rentrer chez moi comme si de rien n'était, reprendre mes petites habitudes – mon livre, ma télé, un peu de rangement avant d'aller me coucher. J'ai peur que vous ayez chamboulé ma vie plan-plan, Antoine. N'allez pas imaginer que c'est un reproche, seulement je crois avoir oublié comment on gérait ça.

Le sujet s'imposait plus tôt que prévu. Ils étaient deux personnes âgées, aux vies pleines de souvenirs, d'émotions et de sentiments partagés, qui doutaient comme deux adolescents inexpérimentés. À croire que le cœur, chaque fois qu'il bat trop fort, balaye les histoires du passé et fait place nette pour repartir de zéro.

— Vous avez dit tout à l'heure que vous vous sentiez trop vieille, dit Antoine. Je pense au contraire que vous êtes une fleur qui ignorait qu'elle pouvait refleurir. Une fois que vous l'aurez accepté, vous saurez ce que vous devez faire.

Faustine continuait de regarder au loin, hochant doucement la tête comme si elle voulait s'en persuader. C'était un bouleversement auquel elle n'était pas préparée, même si, elle devait bien l'avouer, les premiers mots échangés quelques semaines plus tôt devant le banc du bout du monde avaient allumé une mèche qui se consumait depuis. Elle sut qu'elle ne trouverait ni réponse ni aucune pirouette pour dédramatiser la situation.

— On ferait mieux de rentrer, dit-elle simplement.

Antoine remit le contact sans dire un mot. Quelques kilomètres plus loin, dans le silence de l'habitacle, Faustine se décala sur la banquette, assez près pour poser sa tête sur l'épaule d'Antoine. Ça n'était pas une réponse aux mille questions qui l'assaillaient, mais un geste de reconnaissance : il lui offrait des instants qui lui rappelaient qu'elle était encore séduisante. Elle resta ainsi jusqu'à ce que Jarlieu se profile à l'horizon, puis se redressa. Ils arrivèrent par la rue des Lupins et tournèrent deux fois à gauche pour remonter l'impasse où se trouvait sa maison. Une voiture était garée devant le portail et tous deux savaient à qui elle appartenait.

— Ça va aller ? demanda Antoine en s'arrêtant devant chez elle.

— Oui, ça va aller. C'est toujours moi la mère malgré mon grand âge.

Cette fois, la plaisanterie tombait à plat. Faustine le remercia de la balade et descendit du pick-up sans s'éterniser, l'esprit déjà accaparé par une discussion qu'elle savait inévitable. Antoine attendit qu'elle passe le portillon et roula jusqu'au fond de l'impasse pour faire demi-tour. Le banc du bout du monde était toujours là, mais avait été repeint. Le style inimitable de Faustine valant signature, il voulut y voir l'envie qu'elle avait de dépoussiérer sa vie et d'entreprendre quelque chose de nouveau. Il redescendit l'impasse légèrement rassuré, jusqu'au moment où il croisa le regard hostile du fils, qui se tenait derrière le portail. Il poursuivit jusqu'à la rue des Lupins, s'en remettant au talent de Faustine pour faire comprendre à ses enfants que sa vie lui appartenait.

— Salut ! Vous êtes allé vous promener ?

Antoine venait de garer le pick-up devant chez lui et s'apprêtait à en descendre lorsqu'il reconnut la voix de Louise. La jeune fille était à vélo et avait son sac de photographe sur les épaules. Contrairement à la fois précédente, elle était parfaitement détendue et affichait un large sourire.

— C'est ça. Une escapade jusqu'à Beaune en passant par la route des vins.

— Je vous ai vu partir en début d'après-midi. Vous étiez avec votre femme ?

Antoine chercha dans sa mémoire l'itinéraire pris avec Faustine afin de déterminer l'endroit où Louise avait pu les voir. Plus que le lieu, l'heure l'intriguait.

— Tu n'étais pas au lycée en début d'après-midi ?

À la grimace qu'elle lui renvoya, il comprit qu'elle avait séché les cours et il était prêt à parier que ce n'était pas la première fois. Par ailleurs, il l'avait tutoyée naturellement, un changement qu'elle n'avait pas relevé.

— J'avais deux heures de sport, que j'ai compensées avec le vélo. Et deux de physique, que je déteste et où je suis nulle. Je ne suis même pas sûre que le prof se soit rendu compte de mon absence.

— Ton prof, peut-être pas. En revanche, tes parents vont être au courant.

— Oui, mais bon… Je n'étais pas venue pour parler de ça. Vous êtes toujours d'accord pour que je vous prenne en photo ? Avec votre pick-up, ce serait encore mieux ! J'en ai vu dans des films, mais jamais en vrai. Et je suis encore moins montée dedans !

À l'arrière, Woopie semblait écouter la conversation pour savoir s'il devait rester dans la benne ou en descendre. Comme Antoine mettait du temps à se décider, il pencha la tête sur le côté et émit un gémissement plaintif signifiant qu'il avait choisi le camp de la jeune fille.

— Sauf si vous avez mieux à faire, bien sûr, ajouta-t-elle.

Refuser quelque chose à cette gamine quand elle faisait sa tête d'enfant triste relevait de l'exploit.

— Grimpe ! grogna-t-il dans l'unique but de ne pas céder trop facilement.

— Cool ! Vous m'aidez à mettre mon vélo dans la benne ? Je sais où je veux vous prendre en photo.

Antoine repensa à ce qu'avait dit Faustine sur la place du Général-Leclerc. Il fallait toujours qu'il s'occupe des autres. Elle ignorait que tout cela était nouveau : sa façon de parler aux gens, de s'intéresser à leur vie, à leurs projets, de même que sa façon de s'habiller, ce chien qu'il avait toujours dans les pattes, jusqu'à ce vieux pick-up acheté sur un coup de tête. Antoine Lagadec, l'imprimeur de la rue Charles-de-Gaulle que personne ne connaissait vraiment. Il fallait être client pour avoir une chance d'entrevoir dans son regard une lueur d'intérêt, pour la reliure d'un livre à restaurer, une impression sur un papier satiné ou pour n'importe quel projet nécessitant un travail d'artisan.

— Vous savez que je ne peux même pas travailler mes photos chez moi ? S'il me voit faire, mon père commence par gueuler, et finit par me faire la morale. Ça peut durer des heures. « Tu auras tout le temps de faire des photos quand tu auras un métier », « c'est pas avec ça qu'on mange et qu'on fonde une famille »... Vous voyez le topo ? Ça tourne en boucle jusqu'à ce que je dise amen. Et encore ! À la maison, il n'y a même pas d'ordinateur digne de ce nom. Ma sœur et moi, on a eu des MacBook, onze pouces, pour être sûr qu'on ne regarderait pas de films dessus ! Moi qui suis myope, onze pouces, ça ne me sert à rien. Heureusement, mes parents sont rarement là, au moins je suis tranquille. Et sinon, c'était qui, si c'était pas votre femme ?

Cette question, Antoine ne l'avait pas vue arriver.

— Une amie.

— C’est tout ?

— Oui, c’est tout.

Elle n’était pas convaincue, mais n’eut pas le temps d’insister.

— C’est là, à droite, dit-elle en indiquant un chemin à travers champs.

— Tu es sûre qu’il y a un chalet par là ?

— Je suis venue des dizaines de fois. Vous allez adorer !

En s’engageant sur le chemin qui semblait ne mener nulle part, Antoine imagina soudain qu’il était en train de se faire avoir. Il avait cru tout ce qu’cllc avait dit sans se poser de questions, ni sur les cours qu’elle séchait ni sur ses parents bornés. Il ne la jugeait plus que sur ses talents de photographe, un trompe-l’œil qui lui avait fait oublier qu’à leur première rencontre elle faisait partie d’une bande de voyous. L’adolescente était assez intelligente pour avoir tout inventé et suffisamment charmeuse pour l’embobiner ; il ne pourrait que s’en prendre à lui-même si, derrière la colline qui se profilait, le reste de la bande l’attendait pour remettre les pendules à l’heure. C’était un peu tiré par les cheveux, mais ça restait dans l’ordre du possible. Ils roulèrent encore quelques minutes, soulevant assez de poussière pour qu’un guetteur les repère à des kilomètres ; pourtant, la seule chose qui le dissuadait de faire demi-tour tenait en quelques mots : il se fichait totalement de ce qui pouvait lui arriver.

— Alors, c’est pas magnifique ? claironna Louise tandis que le pick-up basculait de l’autre côté de la colline.

Pas pour y vivre, je vous l'accorde. Quoique… Vous imaginez les gens qui ont vécu ici ? Personne pour les emmerder, la rivière à côté, deux chênes pour avoir de l'ombre ! Qui aurait pu savoir qu'il y avait ici un chalet abandonné ? Côté wifi, c'est mort, mais sinon c'est de la balle, non ?

Antoine laissa le pick-up dévaler la pente légère, jetant des coups d'œil de chaque côté sans rien voir qui fasse penser à un guet-apens. Il se sentit d'autant plus bête que l'endroit, effectivement, avait un jour ressemblé au paradis.

— Ça vous plaît ? Parce que moi, j'adore ! Venez, je vous fais visiter, dit-elle en descendant de voiture.

Le chalet avait perdu une de ses fenêtres, la porte battait au vent, mais les tuiles du toit tenaient encore bon pour le préserver de la pluie. Une terrasse couverte, à la peinture écaillée, courait le long de la façade ; sans doute les propriétaires y avaient-ils passé des heures à regarder les saisons se succéder. Au-dessus de la porte, une inscription gravée au couteau indiquait « 1946 » à côté du nom de « Miller » qui s'était effacé au fil des années.

— Il faudrait faire des recherches, mais pour moi, ce Miller, c'est un soldat américain qui n'est jamais reparti chez lui. Il est tombé amoureux d'une Française et ils ont vécu ici, loin de la folie du monde.

— Tu trouves que le monde est fou ?

— Quand on fait passer le travail avant la passion, c'est qu'on l'est complètement ! Et travailler pour quoi, d'abord ? Pour dépenser plus que le voisin ? Perso, je n'appelle pas ça vivre. Vivre, c'est choisir ce qu'on va faire dans la journée, et avec qui. Si on oublie ça, on ne fait qu'exister.

Antoine n'en attendait pas moins d'une adolescente qui faisait l'école buissonnière. À dix-sept ans, elle avait déjà répondu aux questions essentielles et semblait déterminée à tracer sa propre route. Dans son sillage, elle traînait un vent de fraîcheur et de liberté qui, contrairement à ce que son père pensait, témoignait d'une grande maturité. C'était une chance de l'avoir rencontrée, une chance qu'il ne devait pas gâcher.

Louise savait exactement ce qu'elle voulait, elle y avait réfléchi. Elle prit des photos à l'intérieur du chalet, à l'aide d'un flash externe, mais la séance se fit en majeure partie à l'extérieur. Antoine se prêta au jeu et prit la pose, assis sur les marches, debout dans l'encadrement de la porte, accoudé à une fenêtre, de face ou légèrement de profil. Puis il passa devant le pick-up, seul ou avec Woopie. Parfois, Louise replaçait une mèche de cheveux, le col de sa chemise, lui demandait d'avancer une épaule ou un coude, de regarder au loin ou de se concentrer sur un détail. C'était une professionnelle appliquée, tantôt satisfaite du rendu, tantôt déçue. Elle gardait tout et ferait le tri plus tard. Elle mitrailla son visage en gros plan, en plan large, jouant avec le soleil qui descendait vers l'horizon. Jusqu'à ce cliché qui la laissa pantoise, au bord des larmes au moment de contrôler sur l'écran qu'il était fidèle à ce qu'elle avait vu dans l'objectif. Lorsque Antoine lui demanda si tout allait bien, elle s'approcha pour lui montrer la photo. Il comprit pourquoi elle était bouleversée. La composition du cadre avait la perfection d'un tableau – Antoine au premier plan, le pick-up derrière, le chalet abandonné sur le côté, Woopie allongé sur la terrasse – et la lumière était maîtrisée, à la fois dure et chaleureuse –, mais ce qui rendait le cliché unique, c'était ce regard qu'elle avait su saisir, un regard qui racontait une histoire, celle d'un homme âgé en proie au doute, engagé dans une bataille intérieure qu'il n'était pas sûr de gagner. À son tour, il fut ému, autant par la qualité de la photo que par ce qu'elle révélait de lui.

— Je suis faite pour ça, n'est-ce pas ? demanda-t-elle sans retenir ses larmes.

— Tu n'as plus de doutes à avoir, dit-il en passant un bras autour de son cou pour l'attirer à lui.

En les voyant ainsi, personne n'aurait pu croire qu'ils se connaissaient depuis seulement deux jours. L'adolescente et l'homme assez âgé pour être son grand-père s'étaient compris dès les premiers instants. Une fois l'émotion passée, Louise se hissa sur la pointe des pieds et l'embrassa furtivement sur la joue. Il était tard et la nuit allait bientôt tomber.

— Je peux vous demander un dernier truc ?

— Vas-y.

— Je sais que c'est interdit, mais je peux monter à l'arrière jusqu'à ce qu'on rejoigne la route ?

C'était effectivement passible d'une amende, mais Antoine ne se sentit pas d'humeur à lui refuser ce plaisir. Sur les deux kilomètres du chemin de terre, il roula fenêtre ouverte pour mieux entendre les cris de joie de la jeune fille. À côté d'elle, Woopie hurlait pour l'accompagner, simplement parce que cela lui faisait plaisir.

Un quart d'heure plus tard, Louise avait réintégré l'habitacle du pick-up et indiquait une intersection à laquelle Antoine pouvait la laisser.

– Je serai à la maison avant que ma mère arrive, dit-elle en récupérant son vélo.

– Et ton père ?

– Il est de garde jusqu'à dimanche.

– Fais attention sur la route !

– Je fais toujours attention ! Je peux passer demain vous montrer les photos ?

Assise sur la selle, les pieds sur les pédales, Louise avait posé la main sur la portière et attendait une réponse.

– Passe en fin d'après-midi, on les regardera sur le grand écran de mon ordi.

– Cool ! À demain, alors ! Ah, au fait, dit-elle avant de s'élancer, la femme qui n'est pas votre femme, mais juste une amie… je vous ai aussi vus rentrer tout à l'heure. Ça doit vraiment être une amie proche pour qu'elle pose sa tête sur votre épaule !

Antoine n'eut que le temps de froncer les sourcils, déjà Louise s'éloignait, hilare.

– Ça reste entre nous ! cria-t-elle.

Il demeura là sans bouger, la regardant jusqu'à ce qu'elle disparaisse au carrefour suivant. Il ne savait d'elle que son prénom et ce qu'elle avait bien voulu lui raconter.

10.

Le début du week-end, à Saint-Ambroise, fut marqué par un événement imprévu qui ne devait pas rester sans conséquence. À 8 heures, Maurice ouvrit la porte de son garage, en sortit un vélo quasi neuf sur lequel il parada dans tout le quartier sans qu'on voie sur son visage la moindre trace de fatigue. À chaque tour, des curieux sortaient vérifier qu'il s'agissait bien de lui et commentaient l'affaire. Au cinquième tour, heureux comme un gosse étrennant un cadeau déposé sous le sapin, il s'arrêta devant chez Suzie où l'on s'était massé.

— Cinq tours, cinq kilomètres, pas une goutte de sueur ! Qu'est-ce que vous dites de ça ?

La question s'adressait à tout le monde, mais personne ne trouva de réplique capable de tempérer son enthousiasme. Dans les regards se lisaient l'étonnement, une certaine admiration et même de l'envie.

— Et comment tu as fait ? Tu es dopé ? demanda Francis.

— C'est le vélo qui est dopé ! À l'électricité !

À mieux y regarder, la roue avant avait été changée, un boîtier installé au milieu du cadre et le tout était relié à un écran de contrôle posé sur le guidon.

— Batterie de cinq cents watts, vingt-cinq kilomètres-heure sans forcer ! Il y a même un GPS et un régulateur ! Qui c'est qui a l'air con maintenant ?

Il avait préparé son plan en catimini et savourait son plaisir. Ce n'en était toutefois que la première partie, la seconde arriva au moment où l'alarme se déclencha sur le cadran électronique.

— Désolé, messieurs, j'ai rendez-vous, dit-il en donnant un coup de pédale qui fit partir le vélo aussi vite que s'il en avait donné dix.

Dans un timing quasi parfait, la banquière débouchait comme à son habitude par la rue des Carmes, à vélo et en robe à fleurs. Elle ralentit au croisement, accéléra pour reprendre sa vitesse de croisière, pas suffisamment pour distancer Maurice qui arrivait déjà à sa hauteur.

— Plus besoin de jumelles. Il va les voir un moment, les guibolles de la banquière ! souffla Pierre.

— Faut reconnaître qu'il nous a eus ! admit Jérôme.

— Et qu'on a l'air cons ! convint Fabrice.

Si la plupart le prenaient avec le sourire, il y en eut un pour qui l'affaire résonnait différemment. Quand on lui proposa d'aller au Blue Gin en débattre, Clément déclina l'invitation. Et quand on lui demanda si lui aussi comptait retaper son vélo, il secoua la tête et répondit qu'il aurait dû faire ça depuis longtemps, sans préciser ce qu'était ce « ça ».

— C'est Maurice que j'ai vu partir à vélo ? demanda Suzie en sortant de sa brasserie.

— Maurice et son vélo magique, répondit Pierre. Il a pris un coup de jeune qu'on n'avait pas vu venir.

— Bien fait ! Vous n'avez qu'à en faire autant !

Le second événement, conséquence directe du premier, eut lieu sur le terrain de basket. Après être rentré chez lui, Clément partit louer un Kärcher professionnel, un traceur de lignes et l'aérosol qui allait avec. Il acheta aussi deux cercles et deux filets qu'il installerait dès qu'il aurait rafraîchi les paniers. Quant à savoir avec qui il comptait jouer, il répondit simplement :

— Avec celui qui voudra. Je m'en fous s'il n'y a personne, demain, je joue au basket !

Dans le même temps, Maurice apprit que la banquière s'appelait Lucie, qu'elle était divorcée, qu'elle avait un garçon de quinze ans, ce qui, jusque-là, lui convenait parfaitement, mais également qu'elle avait retrouvé l'amour en la personne d'Agnès, une cycliste rencontrée lors d'une promenade à vélo. Si la nouvelle fut dure à encaisser, il se convainquit sur le chemin du retour qu'il était donc possible de trouver l'amour en pédalant. Il écuma alors les routes de Saône-et-Loire jusqu'à épuiser sa batterie et devoir faire les quinze kilomètres pour rentrer à la seule force des mollets. En arrivant fourbu rue des Carmes, il mit pied à terre et remonta à côté de son vélo plus du tout magique la rue qui menait chez lui, marmonnant que, la prochaine fois, il achèterait un scooter.

Antoine n'avait rien vu de ce qu'il s'était passé. Après être sorti faire quelques courses en ville, il était rentré juste à temps pour voir les trois commerciaux de Delannoy tourner dans le quartier. N'étant pas pris au dépourvu, il se sentit prêt à accueillir l'homme qui avait sonné chez lui trois jours plus tôt. Les cartons rapidement déchargés et déposés dans le bureau sans même avoir été déballés, il prépara du café et sortit des madeleines. Puis, caché derrière les rideaux d'une fenêtre du salon, il guettait, nerveux, mais décidé à ouvrir sa porte dès que la sonnette retentirait. Il fallait qu'il parle à cet homme, c'était plus fort que lui. Il devait lui demander s'il était heureux, épanoui dans son travail et dans la vie en général. Si ce n'était pas le cas, il chercherait à savoir pourquoi et trouverait avec lui une solution. En apercevant les trois commerciaux qui discutaient sur le trottoir, Antoine sentit son cœur battre plus fort et ses mains devenir moites. Mais il était prêt pour accueillir l'homme de quarante ans. Sauf que ce fut la femme, plus jeune et plus souriante, qui se dirigea vers la maison. En la voyant s'engager dans l'allée, Antoine aurait voulu lui dire de rebrousser chemin, d'échanger sa place avec son collègue qui s'éloignait déjà vers une autre maison. À peine la sonnette avait-elle retenti que Woopie déboula du jardin, jeta un coup d'œil à son maître immobile, puis se mit à chanter comme cela lui prenait parfois. Après un second coup de sonnette, la femme s'écarta de l'allée pour tenter de voir à travers la fenêtre. Antoine, lui, recula de quelques pas et retint son souffle jusqu'à ce que la commerciale abandonne. Quand il l'entendit partir, le stress, en se dissipant, fit place à la déception.

À midi et demi, heure à laquelle Antoine avait l'habitude de passer à table, rien ne lui faisait envie. Il connaissait ces moments où tout était fade, où le simple fait de préparer à manger n'avait aucun sens. Dans le silence de la maison, il songea au jour où il ne serait plus là. Sûre d'elle, une voix affirmait que la face du monde n'en serait pas changée.

Incapable de réprimer sa contrariété, il tourna en rond tout l'après-midi, attendant l'éclaircie. Louise qui avait promis de passer.

Finalement, ce fut Faustine qui, vers 18 heures, lui fit la surprise de sonner à sa porte. Il fut étonné de la voir en tenue de bricoleuse, Converse aux pieds, salopette en jean et sweat zippé, de la peinture jusque sur le visage et dans les cheveux. Elle semblait toutefois ravie de son accoutrement et affichait un large sourire.

— Coucou ! Vous faites quelque chose ce soir ?

— Ça dépend. Il faut se déguiser ?

— Non, c'est très sérieux. Je vous invite à dîner.

Malgré lui, Antoine eut un moment d'hésitation, suffisamment long pour que l'enthousiasme de Faustine retombe.

— Ce soir, c'est très bien, dit-il pour ne pas risquer de la voir reprendre son invitation. C'est juste que j'attends une amie qui n'est pas encore passée.

— Déjà une autre femme ?

— Louise, une ado qui veut devenir photographe. J'ai posé pour elle hier, elle doit me montrer le résultat.

Faustine fit tourner l'information dans sa tête pour en évaluer la crédibilité. Persuadée qu'Antoine n'avait pas pu inventer une histoire pareille, elle se laissa gagner par une légère confusion.

— Dans ce cas, je vous propose un compromis : je vous invite toujours à dîner, mais chez vous. Si votre amie passe, vous ne la raterez pas.

— Vous apportez tout et vous cuisinez ici ?

— C'est déjà prêt, il n'y a plus qu'à faire réchauffer. Il faudrait juste une entrée rafraîchissante et on aura un menu trois étoiles !

Antoine se demanda quand elle avait trouvé le temps de concocter un dîner alors qu'elle avait passé la journée à repeindre les murs chez Suzie.

— Si vous pouviez vous décider rapidement, c'est assez gênant d'attendre votre réponse. J'avais plutôt imaginé que vous sauteriez de joie.

— Excusez-moi, c'est maladroit, effectivement. J'étais en train de me dire que je rêvais.

— Vous dites ça à cause de ma tenue ? Je vous ai habitué à trop d'élégance. Sérieusement, ça vous dit ou pas ? Sinon, je vais sonner chez le voisin. Je peux même faire tout le quartier jusqu'à ce que je trouve quelqu'un qui m'accueille.

Dans l'œil de Faustine luisait une colère qu'elle tentait de dissimuler. De peur d'être balourd après avoir été maladroit, Antoine ne chercha pas à savoir pourquoi elle avait à ce point besoin de compagnie.

– Puisque c'est vous qui invitez, je vous laisse fixer l'heure. Je passe vous aider à porter quelque chose ?

– Vous, vous n'avez aucune idée de ce qu'est un Royal Shopper ! Alors, 20 heures, ça vous va ?

Antoine aurait dû se réjouir de la voir aussi inspirée, mais sentit que cela cachait quelque chose. Ce n'était pas sur le pas de la porte qu'il en apprendrait davantage, aussi accepta-t-il le rendez-vous sans discuter. Il avait le temps de dresser une jolie table et de trouver une entrée rafraîchissante. C'était l'été pour encore quelques jours, la tâche n'avait rien d'insurmontable.

11.

Faustine arriva à l'heure, tirant derrière elle un Royal Shopper rouge vif, la Rolls des caddies. Silencieux et spacieux, il était équipé d'un compartiment pour les produits frais. Il ne manquait qu'un klaxon et un GPS.

— Bœuf bourguignon. Ça n'a rien d'estival, mais c'est pour faire honneur à la région. Et tarte aux mirabelles, ma mère était lorraine. Et vous ?

— Gaspacho andalou. Aucun lien de parenté avec l'Espagne.

En s'effaçant pour la laisser entrer, il sentit le parfum qu'elle avait mis lorsqu'ils étaient allés à Beaune. Elle portait un pantalon en lin et une chemise longue, un ensemble qui la rajeunissait. La table ronde avait été dressée avec goût ; Antoine avait même pensé à couper des fleurs du jardin pour l'égayer.

— Je dois mettre la cocotte à mijoter, expliqua Faustine en se dirigeant vers la cuisine.

— Les vrais Bourguignons ne le préparent pas la veille ?

— Qu'est-ce que vous croyez ?

– Hier soir, votre fils était chez vous. Vous vous y êtes mise quand il était là ?

– Après. Faire la cuisine est une très bonne manière de se détendre.

– Ça s'est si mal passé ?

– Disons qu'à force de le voir tourner autour du pot j'ai enfin compris pourquoi il tenait tant à ce que je vende ma maison. La bonne nouvelle, c'est que ça n'a rien à voir avec ma santé.

Antoine comprit mieux ce qu'elle avait voulu dire quand elle avait parlé d'aller sonner à toutes les portes pour trouver quelqu'un prêt à l'accueillir. Elle avait un sac à vider, pas sûr que son Royal Shopper ait pu contenir toute sa rancœur.

– Je m'étais dit que le gaspacho allait servir à la fois d'entrée et d'apéritif, mais je vais sortir quelque chose de plus corsé.

– En dessous de quarante degrés, vous oubliez. Du white-spirit sera très bien.

– J'ai mieux que ça. Un cadeau d'un client. Jamais ouvert, c'est l'occasion.

Le bœuf bourguignon mis sur feu doux, Faustine rejoignit Antoine dans le salon et apprécia d'emblée la couleur ambrée du rhum arrangé. Quand elle en huma l'odeur, elle sut que c'était exactement ce dont elle avait besoin.

– Ça a l'air aussi fort que le génépi de Suzie !

– Vous voulez autre chose ?

– Surtout pas ! À la vôtre !

À la première gorgée, ils comprirent qu'un verre allait suffire. C'était bon, mais extrêmement fort, le goût des fruits était à peine discernable.

— Et donc, si ça n'a rien à voir avec votre santé ?

— L'argent, comme tout ce qui fait avancer le monde ! Mes fils ont du mal à joindre les deux bouts. Maman ayant une grande maison pour elle toute seule, avec des pièces dont elle ne se sert pas, elle pourrait aller habiter dans un appartement. Qu'elle louerait, ce serait encore mieux.

— Et qu'avez-vous répondu ?

— Rien. Enfin, si, que j'allais y réfléchir.

Faustine était sérieuse.

— Je sais, j'aurais dû leur dire de se débrouiller, de faire des heures sup ou de réduire leur train de vie, mais ils font déjà tout ça. Lucas, que vous avez vu hier, a divorcé il y a un an et son frère s'est fait licencier en juin. Ils traversent des moments difficiles, tandis que moi, je vis dans une maison effectivement trop grande, dont le crédit est remboursé depuis longtemps, tout en touchant une retraite décente. Vous pourrez me dire que j'ai fait ce qu'il faut pour ça, mais ce sont mes enfants et mes petits-enfants. Je suis juste en colère parce qu'au lieu de me parler de leurs problèmes d'argent ils ont voulu me faire croire qu'ils s'inquiétaient pour ma santé. Vous comprenez pourquoi le bourguignon s'est imposé jusque tard dans la nuit.

— Vous avez demandé leur avis à vos amies bricoleuses ?

— Non. Elles me l'auraient donné et je n'aurais pas été plus avancée. Vous remarquerez que je ne vous le demande pas non plus.

— Je serais mauvais conseiller. Et maintenant que vous avez dit ce que vous aviez sur le cœur, comment vous sentez-vous ?

— Mieux. Et quand j'aurai terminé ce verre, tout ira bien.

Ils trinquèrent une seconde fois, une façon de donner le coup d'envoi à la soirée. De la cuisine, le bourguignon commençait à livrer ses saveurs, il ne restait plus qu'à sortir le gaspacho du frigo et à passer à table.

— Pour en finir avec mon fils… Promis, après, je ne vous en parle plus !

— Allez-y, ça ne me dérange pas.

— Ça vous concerne, j'aime autant vous en parler tout de suite. J'imagine qu'il vous a fait son regard noir quand il vous a vu repartir, hier soir ?

— Exact. Très impressionnant.

— Il m'a posé des questions sur vous. Je lui ai dit que ça ne le regardait pas, que je n'avais jamais critiqué aucune de ses copines et qu'il était hors de question qu'il se mêle de ma vie affective. Ça ne change rien pour vous, mais je voulais que vous le sachiez.

Faustine avait dit « affective » et non « amoureuse », et Antoine pensa que c'était peut-être une façon de mettre les choses au clair. Ou bien était-il trop tôt pour qu'elle se laisse aller à ce genre de déclaration ?

Alors qu'ils allaient passer à table, la sonnette retentit. Woopie se mit à chantonner devant la porte et Antoine sut tout de suite de qui il s'agissait.

— On n'avait pas fixé d'heure, je vais lui dire de revenir demain.

Dès qu'il ouvrit la porte, Woopie se jeta sur Louise comme s'il ne l'avait pas vue depuis des semaines. D'un coup d'œil, la jeune fille comprit que le moment était mal choisi.

— Je vous dérange ? demanda-t-elle, embarrassée.

— J'ai une invitée, je...

— C'est ma faute. J'aurais voulu arriver plus tôt, mais il a fallu que j'attende que ma mère soit rentrée. C'était ça ou j'étais privée de sortie tout le week-end. Tout ça parce que mon prof de maths n'a rien trouvé de mieux que de passer à la pharmacie. Forcément, ils ont parlé de moi. Bon, je vous laisse, vous vous en foutez, de toute façon.

Comme souvent, Louise s'occupait des questions et des réponses. Antoine allait lui proposer de revenir le lendemain quand Faustine se présenta derrière lui.

— Avez-vous dîné, mademoiselle ?

— Oui. Enfin, non. Mais c'est pas grave, j'ai l'habitude.

Tandis que Louise retournait vers son vélo, Faustine s'approcha de l'oreille d'Antoine.

— J'aimerais bien voir les photos qu'elle a faites de vous et il y a assez de bourguignon pour dix.

Avant que Louise s'engage dans l'allée, Antoine l'arrêta.

— Repose ton vélo et entre, dit-il.

— Vous êtes sûr ?

— Oui, je suis sûr.

La jeune fille accepta l'invitation, mais n'était pas très à l'aise. D'abord parce qu'elle dérangeait un dîner en tête à tête, ensuite parce qu'elle ignorait ce qu'Antoine avait dit d'elle à cette femme.

— On va commencer par tes photos, dit-il après avoir fait les présentations. Ensuite, on passera à table.

Dans le bureau, au rez-de-chaussée, un ordinateur avec écran haute résolution de trente-deux pouces attendait qu'on l'étrenne. Antoine l'avait configuré et avait installé un des meilleurs logiciels de traitement de photo du marché. Aux yeux écarquillés de l'adolescente, il sut qu'il avait fait le bon choix. Il était moins catégorique sur la façon d'interpréter le regard de Faustine.

— Il est drôlement beau, cet ordinateur, dit celle-ci avec un sourire malin. Et drôlement neuf aussi, non ?

— Une promo avant la sortie des nouveaux modèles, mentit-il. Le mien commençait à dater.

— Je comprends.

Louise se moquait de savoir le pourquoi et le comment. L'immense écran sur lequel elle allait pouvoir travailler accaparait toute son attention. Sans attendre, elle inséra une carte mémoire dans la tour de l'ordinateur, lança le logiciel et vit apparaître une première photo.

— La vache ! Chanmé !

— Ça veut dire « méchant », expliqua Antoine à Faustine. Mais dans un sens positif.

— J'avais compris !

La photo était l'une des dernières qu'elle avait prises la veille. Le vieux chalet, éclairé par le soleil déclinant, avait des allures de fin du monde, un monde où l'on avait vécu heureux. Les couleurs rouge et orangé explosaient au centre, tandis que, sur les côtés, l'ombre de la nuit grignotait le décor. Louise fit défiler les clichés jusqu'à celui d'Antoine devant le pick-up qui l'avait tant bouleversée. Elle prit le temps de le détailler. Elle avait craint que, sur un grand écran, des défauts apparaissent. Ce n'était pas le cas et, comme la veille, l'émotion la gagna, à peine moins forte.

— Qu'en dites-vous ? demanda Antoine à Faustine.

— Vous êtes très beau.

— C'est vrai. Mais la photo en elle-même ?

— J'en dis qu'on n'est pas tous égaux avec un appareil photo dans les mains.

— Louise voudrait en faire son métier, mais ses parents ne sont pas pour. Ils pensent que c'est un hobby et qu'on ne gagne pas sa vie en photographiant.

— Exact. Cartier-Bresson, Doisneau, Arthus-Bertrand... ils ont tous fini SDF. Il y a aussi cette Américaine spécialisée dans les portraits de stars...

— Annie Leibovitz ! l'aida Louise, étonnée qu'elle la connaisse. J'adore. Il y a aussi Peter Lindbergh et Martin Schoeller.

Sans avoir à le formuler, Faustine et Antoine arrivaient à la même conclusion : la gamine était passionnée, avait du talent et savait ce qu'elle voulait. Sur les photos prises quelques jours plus tôt devant l'orme rouge, les couleurs irradiaient et le choix du cadre était parfait. Louise avait l'œil. En rejoignant la salle à manger pour passer à table, Faustine lui fit une proposition alléchante.

– Vendredi prochain, nous inaugurons la nouvelle salle de danse de la brasserie Chez Suzie. On espère y voir tout Saint-Ambroise, mais ce qui serait encore mieux, ce serait d'avoir des souvenirs de cette soirée.

Pas certaine d'avoir bien compris, Louise se tourna vers Antoine pour qu'il confirme.

– Vous voulez que je vienne faire des photos ?

– C'est ça. Des souvenirs que chacun pourra acheter ou qui, une fois encadrés, serviront à décorer la salle. Il faut que j'en parle à Suzie, mais ça ne devrait pas poser de problème. Je peux savoir comment vous vous êtes rencontrés, au fait ?

– Par hasard, répondit Antoine du tac au tac. Mercredi soir, je rentrais en voiture quand je l'ai vue qui photographiait un arbre. Je me suis arrêté, on a sympathisé et on a fixé une séance photo. Gaspacho pour tout le monde ?

La tentative pour changer de sujet était grossière, beaucoup trop pour que Faustine ne fasse pas le lien avec le malaise qu'éprouvait Louise. Le silence ajoutant à sa gêne, l'adolescente donna sa version, la voix mal assurée.

– Je ne vais pas pouvoir accepter votre proposition et on ne s'est pas rencontrés mercredi soir. La première fois, c'était à l'épicerie. Je faisais le guet pendant que les autres devaient voler de l'argent.

— J'avais complètement oublié cet épisode ! dit Antoine, tout sourire. Bon, pas de réponse, alors gaspacho pour tout le monde !

— Je vais rentrer, dit Louise en se levant.

— Certainement pas ! Tu es là, tu dînes avec nous et on parle d'autre chose. C'est très impoli de quitter la table sans y être autorisée, n'est-ce pas ?

La question lui étant posée, Faustine ne mit pas longtemps à décider qu'une soirée avec une gangster photographe de dix-sept ans n'arrivait pas tous les jours. Louise en fut la première surprise et essaya de se détendre. Avant d'aller plus loin, elle précisa qu'elle ne faisait plus partie de la bande, que ç'avait été une erreur et que le seul point positif était d'avoir rencontré Antoine.

— On en est toutes là, dit Faustine pour elle-même, mettant un terme définitif au malaise.

Si la jeune fille connaissait bien le bœuf bourguignon, le gaspacho fut une révélation. D'abord au goût, mais surtout à la vue. Elle ne put s'empêcher d'en faire une photo en gros plan, ou plutôt dix, jusqu'à ce qu'elle fût satisfaite du rouge de la tomate et des poivrons mixés ensemble et servis dans des verres tulipe. Elle parla de ses parents, de sa sœur coincée dans des études de médecine à Lyon et de ses spécialités scientifiques au lycée qui lui avaient déjà valu plusieurs observations de la part du CPE. Elle en était désolée, mais on l'avait forcée à choisir cette voie pour laquelle elle n'était pas faite, c'était la guerre à la maison et, de toute façon, elle ne ferait jamais rien dans la médecine parce que l'odeur des couloirs d'hôpitaux lui donnait envie de vomir. Elle détestait aussi être enfermée, avait besoin d'admirer les arbres, les animaux, les gens et la nature en général. Le summum du bonheur serait d'aller se perdre dans la forêt, de ne plus faire de bruit pendant des heures et de voir surgir une famille de lynx pour les photographier. Ça tombait bien, l'espèce avait été réintroduite et prospérait dans le Jura.

Louise soufflait un vent frais autour de la table. Elle avait la vie devant elle, des projets et des rêves, et croyait possible de déplacer des montagnes. Après sa deuxième assiette de bourguignon, l'adolescente cala, pas seulement au niveau de l'estomac : elle se rendit compte qu'elle avait monopolisé la parole, s'excusa et promit de se taire. D'ailleurs, après le dessert, elle voulait bien aller travailler sur l'ordinateur.

– Vous devriez l'adopter, dit Faustine après qu'elle eut quitté la table. Vous vous ressemblez, tous les deux.

– À quel point de vue ?

– Votre côté lunaire, en dehors des clous. Vous avez un objectif et rien ne peut vous en écarter, ce qui fait de vous des êtres à part. Je n'ai toujours pas deviné le vôtre, mais je sais qu'il existe.

Ça n'était pas une question, aussi Antoine n'eut-il rien à répondre. D'autant qu'il ignorait lui-même ce qu'il était venu chercher à Saint-Ambroise. Il avait fui, c'était indéniable, sans toutefois savoir s'il y avait même quelque chose à trouver ici.

— Il vous a coûté cher, cet ordinateur, non ?

— Je ne sais pas, je n'ai aucune idée des prix. Et que sont deux mille euros comparés au plaisir de la voir continuer à rêver ?

— Je comprends que ça vous rende heureux. Comme de voir les yeux de Suzie briller devant l'avancement des travaux, le grand sourire de Maurice qui vient de se remettre au vélo ou Clément passant la journée à rénover le terrain de basket. Il était prêt à le faire seul, mais ils sont trois maintenant. Ils ont prévu de jouer demain. Vous avez un pouvoir secret, n'est-ce pas ?

Antoine aurait aimé que ce soit le cas, il s'en serait servi pour réparer les erreurs du passé. S'il était trop tard pour revenir en arrière, il y avait des choses qui étaient encore à sa portée. Il fit le tour de la table et tendit la main pour inviter Faustine à se lever. Elle hésita une seconde, puis sentit qu'il n'y avait pas de meilleur moment. Quand elle fut debout face à lui, son cœur battait deux fois plus vite et ses joues avaient pris une jolie couleur gaspacho. Elle garda les yeux ouverts lorsqu'il posa ses lèvres sur les siennes, avant de les fermer en même temps qu'elle s'abandonnait. Leur baiser, délicat comme celui des adolescents qui embrassent pour la première fois, dura longtemps. Quand ils s'écartèrent pour reprendre leurs esprits, leur sourire avait du mal à masquer leur gêne.

— C'est bien ce que je disais… un pouvoir secret. C'était très bien, mais je ne sais pas si je suis encore faite pour ça.

— Pour aimer ?

— Aimer et tout ce que ça implique. Depuis dix ans que je suis veuve, j'ai pris des habitudes de vieille fille. Je mange seule, je dors seule, je m'habille quand j'en ai envie. Je ne suis pas toujours irrésistible, vous savez.

— C'est à moi d'en juger.

— Sans doute, mais je reste lucide. Surtout s'il y a un miroir dans les parages.

— Dans ce cas, retirez les miroirs.

— Laissez-moi un peu de temps, plutôt !

Antoine acquiesça, convaincu que c'était la meilleure solution. Il lui faisait confiance, Faustine n'était pas du genre à se dérober. Pour lui aussi, cela impliquait pas mal de changements. Il était même le premier surpris de l'audace dont il avait fait preuve. Quiconque le connaissait à Orsay n'aurait pas reconnu l'homme de Saint-Ambroise.

Le sujet fut clos et ils en abordèrent d'autres, moins compromettants. Principalement de société, parfois politiques. Ils parlèrent culture et gastronomie, des voyages que Faustine avait faits en Europe. Vers 23 h 30, Louise sortit de la chambre, suivie de Woopie qui ne la quittait plus. Elle avait dit à sa mère qu'elle passait la soirée chez une copine, mais n'avait obtenu que l'autorisation de minuit.

— Je vous ai écrit mon numéro, dit-elle à Faustine en lui tendant un papier. Vous me direz si ça tient toujours pour vendredi.

Elle leur était reconnaissante de l'avoir acceptée à leur table et promit à Antoine, avant qu'il ne le lui demande, de faire attention sur la route. Sur le pas de la porte, elle ajouta qu'elle avait compris qu'il avait acheté le logiciel de traitement de photo pour elle. C'était un beau cadeau et elle ne savait pas comment le remercier. Lorsqu'elle fut partie, Antoine proposa à Faustine de la raccompagner.

— Pas ce soir, je vais profiter des trois cents mètres qui nous séparent pour atterrir.

C'était dit avec le sourire et il n'insista pas. Avec le temps, il avait appris qu'il fallait terminer un chapitre avant d'en écrire un autre.

12.

N'en déplaise à Charles dont la femme n'avait pas réintégré le lit conjugal, dimanche sonna définitivement le réveil de Saint-Ambroise. Levé aux aurores, Clément avait passé une seconde couche de peinture sur les lignes du terrain de basket et comptait toujours jouer avant la fin de la journée. La veille, Pierre et Victor l'avaient aidé à démonter les paniers. Il fallait encore les poncer, les repeindre et les équiper de nouveaux cerceaux et filets. Ce fut ensuite au tour de Francis, Jérôme et Fabrice de venir donner un coup de main en passant le Kärcher sur les gradins, puis en traitant le bois avec un saturateur bio pour leur donner une nouvelle jeunesse. Vers 10 heures, le bouche à oreille ayant fait son œuvre, d'autres amis pointèrent leur nez. Après un aller-retour rapide chez eux pour chercher les outils adéquats, les uns tondaient la pelouse, les autres coupaient les branches des arbres qui descendaient trop bas, taillaient les haies et les rosiers, un entretien que la mairie avait délaissé depuis deux ans. Louvier, le maire, avait argué que, le terrain appartenant à Saint-Ambroise, il revenait à

Saint-Ambroise de s'en occuper. Pour clore toute discussion, il avait déniché dans ses archives un document datant de la construction du quartier qui l'attestait. En prenant ce travail à leur charge, les habitants envoyaient un signal fort à Louvier et, par la même occasion, à Delannoy : Saint-Ambroise ressuscitait ! Autre preuve, et non des moindres, la rénovation de la salle de danse serait terminée pour le 29 septembre. Toutes les participantes avaient mis la main à la poche pour acheter une nouvelle sono et fait le tour des greniers pour trouver fauteuils, canapés et tout ce qui pouvait servir à habiller la salle. Chaque jour, on regrettait de ne pas y avoir pensé plus tôt.

Antoine, lui, explorait Internet pour se renseigner sur le métier de photographe. Il savait qu'il y avait peu d'élus pour beaucoup d'appelés, mais fut surpris de constater à quel point les études étaient structurées et diverses. À son époque, cinquante ans plus tôt, l'essentiel était de posséder un appareil, de l'argent pour les pellicules et le développement, et une bonne dose de talent. Aujourd'hui, les écoles fourmillaient, publiques ou privées, simples boîtes à fric pour certaines, d'autres renommées. L'une d'entre elles, l'Eisenberg Academy, proposait des études supérieures jusqu'au niveau bac + 5. Pour y entrer, il fallait montrer son travail sur un book ou un site dédié, puis présenter un projet lors d'un entretien. Soixante élèves étaient acceptés chaque année. À cinq mille euros par an, la formation offrait une des meilleures cartes de visite sur le marché du travail. Il y en avait d'autres, à Paris et dans plusieurs grandes villes, mais celle-ci se trouvait à Lyon, un argument de poids pour convaincre les parents de Louise. Antoine se demanda si Louise l'avait déjà repérée, si elle avait essayé d'en parler ou si elle avait gardé son rêve pour elle.

Plusieurs fois dans la matinée, le téléphone vibra dans le tiroir de la colonne du four. Le même prénom s'affichait sur l'écran, et Antoine ne décrocha pas. Il ne comptait plus les appels manqués et imaginait le contenu des messages sur le répondeur, les reproches, parfois les injures, les mêmes qu'il avait lus dans les SMS et qu'il effaçait régulièrement. S'il avait décroché, il aurait fallu qu'il cherche des explications là où il n'y en avait pas. Ce matin, pourtant, il admit malgré lui qu'il avait besoin de savoir si elle le condamnait toujours. Un mot, une phrase suffisait. Jusqu'à midi, il y eut d'autres appels, de plus en plus rapprochés, comme frappés de frénésie ; chaque fois, il hésita, mais ne se déplaça pas.

Il fit les cent pas, dans le jardin et dans le salon, joua un peu avec Woopie, voulut se plonger dans *Le Roi des Aulnes*, mais ne parvint pas à se concentrer suffisamment pour entrer dans l'histoire. Il songea à sortir faire un tour en pick-up, avant de se raviser, certain de n'y trouver aucun plaisir.

Louise arriva vers 16 heures. Il ne l'avait pas vue par la fenêtre, mais savait que c'était elle. Un seul coup de sonnette, vif et gai comme elle l'était.

— Bonjour ! Vous allez bien ?

— Très bien, et toi ?

— Mortel ! Votre copine, Faustine, elle m'a appelée pour me dire que c'était bon pour vendredi ! Je suis venue vous le dire parce que j'ai pas votre numéro. De toute façon, je serais venue. Et encore plus mortel, je vais être payée ! C'est pas méga-chanmé ?

— Méga-chanmé, c'est le terme que je cherchais.

Louise était un cyclone de pensées positives. Elle parlait à deux cents à l'heure, avalait la moitié des mots, et ses yeux brillaient autant que son sourire éclatait.

— En passant, j'ai vu des vieux jouer au basket. Vous saviez qu'ils avaient refait le terrain ?

— Je savais qu'ils avaient commencé, oui.

— Il est nickel. Les peintures au sol, les paniers, ils ont même décapé les gradins ! C'est depuis que vous êtes là, tout ça ! Avant, Saint-Ambroise, c'était le mouroir, on voyait personne dans les rues. Maintenant, ça joue au basket et ça veut danser toute la nuit à la brasserie. J'ai entendu des gens en parler près de chez moi !

— Tu restes plantée devant la porte ou tu entres ?

— J'entre, sinon vous allez me botter les fesses !

Elle passa devant lui, contente d'elle, et se dirigea vers le bureau où se trouvait l'ordinateur.

— Vous êtes sûr que je ne dérange pas ? demanda-t-elle en allumant l'écran et en sortant l'appareil photo de son sac.

— Si tu me dérangeais, je ne t'aurais pas laissée entrer.

— Ça, c'est pas sûr. Hier, je vous dérangeais, vous m'avez quand même invitée. Vous avez conclu, au fait ?

Comme d'habitude, les questions déboulaient sans prévenir. Ils avaient plus de cinquante ans d'écart, mais c'était comme s'ils partageaient la même cour de lycée.

— Ce ne sont pas tes affaires, jeune fille !

— Moi, je dis ça, c'est pour vous ! Faudrait pas trop traîner.

— Pourquoi, tu nous trouves trop vieux ? On n'a plus le temps de faire les choses à l'ancienne, sans se précipiter ?

— C'est vous qui voyez, mais vous risquez qu'un autre vous la pique. Faustine est une belle femme, il n'y a pas qu'à vous qu'elle doit plaire.

Dans l'encadrement de la porte, Antoine resta interdit. À aucun moment il n'avait imaginé cet autre, secrètement amoureux, préparant sa déclaration.

— C'est vous qui avez fait des recherches sur Eisenberg ? demanda Louise en découvrant la page restée ouverte sur le navigateur.

— Tu connais ?

— J'ai déjà appelé. On peut y entrer sans le bac, mais il faut passer un entretien et montrer des photos presque pro. De toute façon, mes parents ne voudront jamais.

— Tu peux déjà commencer par passer l'entretien et montrer ton travail.

— J'ai trois photos dont je suis fière. Dedans, il y a celle de vous au chalet américain, mais ça ne suffira jamais.

— Alors, au boulot ! Si les places sont limitées et que tu traînes, un autre va te piquer la tienne !

Louise saisit l'allusion et sourit. Son rêve était tout proche, à l'école Eisenberg ou ailleurs. Mais même avec les meilleures photos du monde, son père n'accepterait jamais.

— Chaque chose en son temps, dit Antoine en devinant ses pensées. Donne le meilleur de toi-même, il n'y a pas d'autre façon d'avancer. Bientôt, tu seras majeure et personne ne pourra décider à ta place des chemins que tu prendras.

Ce n'était pas si simple, mais l'adolescente accepta la morale. Si Antoine avait confiance en elle, alors elle devait le croire. D'ailleurs, jusqu'ici il n'avait fait que lui porter chance.

Antoine se replongea dans *Le Roi des Aulnes* et se laissa happer par l'histoire de cet ogre solitaire et marginal. L'écriture de Michel Tournier était complexe et envoûtante, mais Abel Tiffauges, personnage étrange, parfois narrateur, lui parut familier. S'il parvenait à lire, c'était parce que Louise se trouvait à côté. Il n'avait pas besoin de la voir ni de lui parler, sa simple présence l'apaisait.

— Vous avez un portable ! s'exclama-t-elle soudain de la cuisine où elle était allée se servir un verre d'eau. Il vibre dans un tiroir sous le four. Je vous l'apporte ?

Le Roi des Aulnes claqua en se refermant dans les mains d'Antoine qui, d'un bond, se leva et se précipita pour la rejoindre.

— Non, laisse. Le dimanche, je ne suis là pour personne.

Il ouvrit le tiroir, lut le nom sur l'écran et ne décrocha pas.

— Du coup, je peux avoir votre numéro ? Ça m'évitera de passer à l'improviste. Promis, je n'appellerai pas le dimanche.

Antoine savait qu'il y aurait d'autres tentatives. Comme dans la matinée, l'envie de répondre était là. Au moins pour savoir s'il était toujours à ses yeux un minable, un moins que rien, égoïste et pathétique. Si rien n'avait changé, il ne répondrait plus pendant plusieurs semaines ou plusieurs mois. Il ignorait combien de temps il faudrait pour réussir à se parler normalement, il ignorait si ce serait possible un jour.

— Bon, je vais plutôt y aller. C'est pas urgent, de toute façon.

— De quoi tu parles ?

Dans le regard de Louise, Antoine lut le doute. Il se repassa en mémoire les derniers mots qu'elle avait prononcés et comprit qu'elle parlait de son numéro de téléphone.

— Tu as vu, je réponds rarement, dit-il en prenant un Post-it et un stylo qui traînaient sur une étagère. Et je ne lis les messages que s'ils sont écrits en bon français.

— Je peux mettre la ponctuation si vous voulez.

— Parce que sinon tu n'en mets pas ?

— Personne ne met de ponctuation !

Louise plia le Post-it qu'il lui tendait et le rangea dans sa poche. Il était 18 heures passées, il valait mieux qu'elle rentre pour ne pas avoir à expliquer un énième retard.

Sur le fond d'écran de l'ordinateur, l'adolescente avait mis une photo de la mésange bleue prise le jour où ils avaient fait connaissance. L'image était apaisante, pleine d'espoir et de joie de vivre. Louise avait aussi laissé ouverte la page du site de l'école Eisenberg. Il ne lui en avait pas parlé, mais il était prêt à rencontrer ses parents pour leur expliquer que leur fille possédait un talent rare qui ne demandait qu'à être exploité ; il avait l'œil, une grande partie de son travail avait consisté à collaborer avec des professionnels. Si cela ne suffisait pas, il pouvait la conduire à Lyon pour qu'elle y passe son entretien. Il pouvait aussi l'aider à choisir les photos pour son book, la guider pour trouver un imprimeur de qualité. Quand elle serait acceptée, elle annoncerait à ses parents qu'elle avait un avenir tout tracé dans lequel elle s'épanouirait. Ce devait être, normalement, la seule préoccupation des parents : laisser les enfants choisir leur voie, les entendre en parler avec passion et les voir devenir des hommes et des femmes rayonnants de bonheur. Ceux de Louise commettraient une lourde erreur s'ils se mettaient en travers de sa route ; pour elle, qui traînerait derrière elle le boulet d'un rêve avorté, mais aussi pour eux, à qui elle aurait du mal à pardonner.

Antoine était assis à la table du salon et Woopie passait de temps en temps voir si tout allait bien, puis retournait jouer dans le jardin ou somnoler au pied du canapé. Finalement, le téléphone n'allait peut-être plus sonner. Peut-être avait-elle tenté d'appeler une dernière fois dans l'après-midi et avait-elle compris que c'était inutile, qu'Antoine ne répondrait jamais. Elle avait perdu sa trace et ne la chercherait plus. Avant de quitter Orsay, il avait pensé lui laisser une lettre expliquant son choix. Il y avait renoncé après avoir buté sur les mots. Il avait aussi pensé lui dire qu'il n'avait pas l'intention de se jeter sous un train, mais, à ce moment-là, il n'en était pas sûr. Il n'était d'ailleurs pas sûr que ça l'aurait rassurée. Dans un accès de colère, elle avait lancé un jour qu'elle aurait préféré qu'il meure. Il avait encaissé parce que c'était la seule chose qu'il pouvait faire.

Pour ne pas passer toute la soirée à attendre, il fixa à 20 heures le moment où il rangerait le téléphone dans la colonne du four. Le délai était raisonnable et lui laissait le temps de faire redescendre la tension avant d'aller se coucher. Il restait vingt minutes quand l'écran s'éclaira. À chaque vibration, il sentit ses forces l'abandonner, mais sa main jaillit de sous la table et appuya sur la réception d'appel, puis sur le haut-parleur. La communication était établie, pourtant, pendant de longues secondes, il n'y eut que le silence. Jusqu'à cette voix qu'il connaissait depuis toujours.

— Enfin, tu décroches !

À son tour, il laissa filer le temps, les mots peinant à sortir de sa bouche. Les derniers mois défilaient en accéléré devant ses yeux, sans qu'il puisse empêcher les images les plus sombres de revenir sans cesse. Quant à la douleur au ventre, elle était là, plus forte que jamais.

– C'est Léa, dit-elle comme s'il pouvait l'ignorer. Tu es où ?

– Chez moi. Dans ma nouvelle maison.

– Où elle est, cette nouvelle maison ? Tu as disparu sans rien dire à personne. Je ne savais même pas si tu étais encore vivant !

– Il le fallait, je suis désolé.

– Pour qui ? Pour moi ou pour toi ?

Déjà, le ton était acide. C'était tout ce qu'il avait redouté et il savait que la conversation n'irait pas en s'arrangeant.

– Je ne pouvais pas rester. Je suis parti pour que chacun puisse se reconstruire.

– Se reconstruire ? C'est une blague ? Qu'est-ce que tu veux reconstruire ? Tu es parti sans laisser d'adresse. Tu n'es pas parti, tu as fui ! Qu'est-ce que tu fais dans ta nouvelle maison ? Tu te terres, comme dans ton atelier, ou tu fais semblant devant les gens ? Ils ne te posent pas de questions ? C'est bizarre de voir débarquer un homme sans passé. Tu leur as raconté pour Simon ?

Les questions s'enchaînaient, chaque fois plus sèches.

– Non.

– Pourquoi ? Tu as peur qu'ils te jugent mal ? Et pourquoi tu réponds ce soir ? Ça fait des semaines que j'essaye de t'appeler.

– Je ne sais pas.

— Je vois bien que tu ne sais pas grand-chose. Donne-moi ton adresse, j'ai besoin de te voir.

— Je ne crois pas que ce soit une bonne idée.

— Pour moi, c'en est une.

— Je suis désolé, je…

— Donne-moi cette putain d'adresse ! Je veux voir comment…

Il n'y avait pas eu de miracle et Antoine raccrocha avant que les mots de Léa mordent et s'acharnent sur sa douleur. Il était trop tôt ou peut-être n'y aurait-il jamais, entre eux, de discussion apaisée. Il y avait cru, l'avait espérée, mais il s'était trompé.

Le téléphone se remit à vibrer sur la table. Il l'éteignit. Cette fois, le portable ne rejoindrait pas la colonne du four, mais un carton dans le garage. C'était la meilleure solution pour ne pas être tenté, chaque jour, de regarder si elle avait appelé.

13.

Le lundi, dans la matinée, une rumeur déferla sur Saint-Ambroise. Tout le monde en parlait, chez Suzie, à l'épicerie, ou dès qu'on se croisait dans la rue. L'euphorie du week-end avait fait long feu, les mines étaient sombres et la consternation empêchait toute colère de s'exprimer.

Victor fut le premier au courant. En ville, il avait croisé l'assistante de Delannoy, avec qui il avait signé la vente de sa maison. Il s'était arrêté pour lui confier ses doutes depuis que le quartier reprenait des couleurs, elle l'avait rassuré en lui certifiant qu'il avait bien fait de vendre parce que le marché de l'immobilier de Saint-Ambroise était sur le point de s'effondrer. On avait relevé, dans le sous-sol, des taux de plomb et d'arsenic trop élevés pour qu'ils ne présentent pas de danger. Cela restait confidentiel, mais le dossier était sur la table de l'Agence régionale de santé ; l'avenir du quartier était d'ores et déjà compromis.

En rentrant, Victor était passé chez Suzie, qui venait de rouvrir la partie brasserie ; il y avait trouvé les habitués en train de boire leur café, et les bricoleuses finissant de décorer la salle de danse. Leurs mines réjouies s'étaient éteintes immédiatement. Une fois le choc passé, chacun avait donné son avis, les uns assurant qu'il fallait attendre des précisions, les autres convaincus que Saint-Ambroise n'allait pas s'en remettre. Maurice s'était montré le plus fataliste en déclarant que la fête du 29 septembre allait être le baroud d'honneur du quartier, une sentence qui n'avait pas tardé à embuer les yeux de Suzie. Il n'y avait eu que Clément pour apporter un peu de sérénité. Pour lui, c'était une invention, justement parce que le quartier était en train de revivre. On n'avait d'ailleurs vu aucun technicien faire la moindre analyse nulle part. En ce qui le concernait, personne ne l'obligerait à quitter sa maison, encore moins le terrain de basket flambant neuf. À peine avait-il fini que trois commerciaux de Delannoy étaient apparus sur le trottoir. On avait alors hésité entre « hyènes » et « vautours », la comparaison n'avait choqué personne.

Plus tôt dans la matinée, Delannoy avait réuni ses employés pour les informer de la pollution des sols de Saint-Ambroise. Puis il avait sonné la charge. L'objectif était clair : racheter un maximum de lots le plus vite possible pour créer un effet de panique. Les commerciaux pouvaient même majorer leurs offres de quelques milliers d'euros pour une signature immédiate. Cela n'avait rien d'illégal, mais, l'ARS n'ayant pas encore rendu de rapport officiel, la pratique était déloyale. Quand l'un d'eux avait suggéré d'attendre que les faits soient avérés,

Delannoy avait haussé le ton, déclarant qu'il avait suffisamment patienté. Celui qui vint sonner chez Antoine entendit un chien aboyer derrière la porte, mais celle-ci resta close. La seconde tentative eut le même effet, si ce n'est que le chien ne réagit pas. Ça n'avait pas d'importance, lui ou un collègue repasserait.

Depuis la veille, les deux cent vingt millions de récepteurs olfactifs du border collie flairaient chez son maître une humeur différente. La seule chose qu'il pouvait faire était de rester attentif.

Antoine s'était trompé en croyant être capable de surmonter sa déception. Après avoir mis un terme à l'appel de Léa, le constat, amer et redouté, était implacable : les liens n'étaient pas seulement distendus, ils étaient sectionnés, comme un jardinier coupe une branche mal en point pour être sûr qu'elle ne repousse pas. Il s'était endormi tard et la nuit avait été hachée. En se réveillant, il avait fait l'effort de se convaincre qu'une lueur existait au bout du tunnel.

Lundi soir et mardi matin, Faustine passa à l'improviste. Chaque fois, Antoine la vit arriver dans l'allée et eut le temps d'ordonner à Woopie de ne pas faire de bruit. Le pick-up était dans le garage et rien n'indiquait qu'Antoine était chez lui. Il avait pu sortir faire une course, même si aucun voisin ne l'avait vu, ou accompagner Louise pour une nouvelle série de photos.

Il lui fallut presque deux jours pour effacer la grisaille au fond de son regard. C'était probablement une erreur de se refermer sur lui-même, de ne pas ouvrir sa porte à Faustine ou d'avoir rangé son téléphone dans le garage. Louise pouvait appeler et rallumer les étoiles en quelques mots. Rester seul ne lui avait jamais réussi. D'ailleurs, cela ne réussissait à personne.

Lorsqu'il sortit enfin de chez lui mardi après-midi, Antoine laissa Woopie décider s'il fallait faire le tour du quartier par la gauche ou par la droite. Le border collie, trop heureux d'aller respirer l'air de Saint-Ambroise, se laissa guider par l'envie du moment, vers la rue du 29-Septembre. À moins qu'il n'ait senti l'agitation autour du terrain de basket. Le ton venait de monter entre un groupe d'étudiants en short, tous plus grands les uns que les autres, et ceux qui avaient œuvré tout le week-end pour le rénover. En approchant, Antoine comprit que le sujet de la discorde concernait l'accès au terrain. Les premiers entendaient y jouer quand ils voulaient, les seconds faisaient valoir qu'il s'agissait d'un lieu privé. Sur les gradins, trois bricoleuses profitaient du spectacle comme au bon vieux temps : Martine Bernier, l'ancienne factrice qui avait un jour rêvé de mener la fanfare, et Claire et Anita, redevenues les meilleures amies du monde depuis qu'il n'était plus question de rivalité. Antoine s'installa à côté d'elles pour prendre l'affaire en route.

— Vous n'avez rien raté, chuchota Martine. C'est encore calme, mais ça ne va pas durer.

— Si le terrain était privé, argumentait un des jeunes, ce serait fermé et vous auriez une clef. Vous voyez un grillage et une serrure quelque part ? Non, donc c'est public et on vient jouer quand on veut.

— Vous venez jouer quand vous voulez, sauf quand on est là, répondit calmement Francis. Et pas trop tard le soir parce que ça gêne les voisins.

— Et vous nettoyez le terrain avant de partir, ajouta Jérôme. Pas de canette qui traîne, pas de paquet de chips, vous laissez l'endroit comme vous l'avez trouvé. Et pas de mégots, évidemment.

— Maintenant, vous seriez aimables de bien vouloir vous écarter pour qu'on puisse s'entraîner, conclut Fabrice. Vous pouvez vous asseoir et regarder, mais attention à ne pas gêner notre concentration. C'est sérieux, le basket !

Aucun des huit jeunes n'avait visiblement prévu de se faire rembarrer de cette façon. Ils étaient plus nombreux et plus vigoureux, mais de trop bonne famille pour s'imposer par la force. Le plus grand résuma parfaitement la situation en déclarant assez fort pour que tout le monde l'entende :

— Les gars, je crois qu'ils se foutent carrément de notre gueule !

Pendant qu'ils cherchaient une façon de ne pas perdre la face, Clément s'était rapproché d'un panier et enchaînait les tirs avec une précision surprenante. Quand il fut sûr que les yeux des mômes étaient rivés sur lui, il s'arrêta, ballon en main, et s'adressa à eux.

— Si vous voulez jouer ici, il faudra commencer par nous battre. Quatre quarts-temps de dix minutes, autant de remplaçants que vous voulez, les perdants payent le coup.

Si Clément avait l'air sûr de lui, les trois autres se demandaient ce qui lui avait pris de défier des joueurs dont la moyenne d'âge ne dépassait pas vingt ans. La plupart faisaient une tête de plus qu'eux, aucun n'avait de bedaine et leurs chaussures semblaient pouvoir les propulser à plusieurs mètres de hauteur.

– Je ne joue pas avec des grands-pères, lança l'un des jeunes.

– Ils vont claquer sur le terrain, dit un autre. Je vous préviens, nc comptez pas sur moi pour un bouche-à-bouche s'il y en a un qui fait une crise cardiaque !

Ils avaient la courtoisie de ne pas profiter du surnombre, mais ne s'embarrassaient d'aucune discrétion.

– Ma sœur bosse dans un Ehpad, fit un troisième. D'après elle, il n'y a rien de plus chiant qu'un vieux !

– Je dirai ça à ta grand-mère quand je la croiserai, avertit Martine.

– Vous connaissez ma grand-mère ?

– Non, mais si elle te ressemble, elle ne devrait pas être difficile à trouver. Chouineuse, grande gueule et pétocharde.

– Ma grand-mère n'est pas comme ça !

– Non, mais elle doit être chiante, comme tous les vieux ! C'est ta sœur qui le dit.

Face à quelqu'un d'autre, le jeune homme aurait répliqué ou en serait peut-être venu aux mains. Face à Martine qui prenait trois places à elle toute seule et lui adressait son plus beau sourire, il se sentit désarmé. Pendant ce temps, Clément s'était remis à envoyer le ballon dans le panier avec une régularité de métronome, comme si plus rien n'existait autour de lui.

Après quelques discussions à voix basse, celui qui devait être le meneur accepta le défi, précisant bien qu'en cas de victoire ils pourraient revenir jouer quand ils voulaient.

– C'est ça, confirma Clément. Sauf le soir, pas de papiers qui traînent, pas de canettes…

– Et pas de cigarettes, on a compris.

– Vendredi, 18 heures.

Les jeunes se consultèrent, vérifiant dans leurs agendas que l'horaire leur convenait, puis validèrent l'heure du match. Tandis qu'ils quittaient le terrain, Clément s'approcha des gradins, souriant comme cela ne lui arrivait pas souvent.

– Tu es au courant qu'on va se faire ratatiner ? prévint Fabrice.

– Il y a des chances, oui.

– Et qu'une fois qu'ils nous auront battus, ils pourront venir quand ils veulent ?

– C'est ça.

– On peut savoir ce qu'on a à y gagner ?

Clément laissa un instant tourner la question dans les esprits avant de donner son point de vue.

– On y gagne qu'on va reformer une équipe, ce qui nous est pas arrivé depuis vingt ans. Ça va nous dégourdir les jambes et la tête. Je ne sais pas pour vous, mais moi, je n'en peux plus qu'on se retrouve tous les jours chez Suzie pour boire le même café et se raconter les mêmes choses ! Chaque matin, en me levant, je sais exactement ce qui m'attend.

– Parce que là, tu as un doute sur le résultat du match ?

– Je ne sais pas si on va prendre cent à zéro ou si on arrivera à marquer quelques points. Ce n'est peut-être pas grand-chose, mais pour moi, ça reste du suspense. Et je préfère prendre une branlée plutôt que de ne pas bouger de chez moi. On s'est moqués de Maurice avec sa banquière, n'empêchc qu'il a osé et que pendant quelques heures il a rêvé. C'est ce qui nous manque. On a refermé la porte de nos rêves et on attend. Sauf qu'il ne se passe jamais rien. Regardez nos femmes, elles se sont créé un objectif et elles font tout pour le réaliser. Ça leur donne le sourire pour la journée. Nous, on n'a que soixante-dix ans, mais on vit comme si on en avait vingt de plus. Maintenant, si vous ne voulez pas jouer vendredi…

– On sera là, assura Jérôme. Et on perdra tous ensemble.

– Ça nous rappellera le bon temps, ajouta Francis.

Les autres acquiescèrent, heureux de saisir l'occasion de resserrer leurs liens.

– Parfait. En nous battant, les mômes gagneront le droit de venir jouer ici. Ça mettra de la vie dans le quartier, exactement ce que ne veulent pas Louvier et Delannoy. Parce que plus j'y réfléchis, moins j'y crois, à leur histoire de pollution des sols. Plus on leur montrera qu'on est toujours vivants, plus ils l'auront mauvaise. Rien que pour ça, je veux bien prendre la pile de ma vie !

Les arguments étaient solides et personne ne trouva rien à redire. C'était même une aubaine d'avoir un projet commun.

— Qu'est-ce que vous en pensez, Antoine ? demanda Jérôme.

C'était la première fois qu'on lui demandait son avis, qui plus est sur un sujet sérieux. Il ne le dit pas, mais leur en fut reconnaissant.

— J'en pense que les gamins contre qui vous allez jouer ne vont pas prendre la peine de s'entraîner. Je ne dis pas que vous allez gagner, mais j'aimerais bien les voir douter un moment.

— Exactement ! Ils ont la jeunesse, mais on a l'expérience et l'avantage du terrain. On va leur montrer ce qu'on a dans le ventre !

À peine Clément eut-il terminé que le ballon rebondissait sur le bitume. L'instant d'après, les quatre joueurs échangeaient des passes et enchaînaient les shoots avec plus ou moins de réussite.

— Je ne connais rien au basket, avoua Antoine aux trois femmes restées avec lui. Vous croyez qu'ils ont une chance ?

— Aucune, certifia Anita. Ils n'ont jamais rien gagné quand ils étaient jeunes, c'est pas maintenant qu'ils vont s'y mettre.

— Je croyais qu'ils étaient bons.

— Si vous les écoutez, ils étaient à deux doigts de remporter la NBA. Ils n'ont jamais réussi à se mettre d'accord sur un nom d'équipe, alors vous les imaginez mettre au point une tactique ? Ils vont se faire laminer, trouveront des tas d'excuses, mais à la fin, ce sera aussi bien que s'ils avaient gagné.

— Clément est quand même très adroit, non ?

— Ne vous y fiez pas. C'est un crack à l'entraînement, mais dès qu'on compte les points, il perd ses moyens. Les autres ne sont pas mieux, vous me direz !

— L'important, c'est qu'ils aient un objectif, confia Martine. Je ne sais pas combien de temps ça va durer, mais au moins ils se bougent.

Les filles avaient l'air suffisamment sûres d'elles pour qu'Antoine leur fasse confiance. Par ailleurs, il n'était pas au courant de cette histoire de pollution des sols. Martine rapporta que, depuis la veille, déjà trois propriétaires avaient signé la vente de leur maison. Parmi eux figurait Maurice, finalement mal remis de ses désillusions avec la banquière à vélo. Quant à la guerre que se livrait le couple Michaud, un cap avait été franchi ; Charles voulait vendre et Mireille voulait rester. Le premier se servait de l'occasion pour emmerder la seconde, mais il était assez borné pour aller jusqu'au bout.

— Vous venez à l'inauguration ? demanda Claire pour changer de sujet. Suzie prépare les invitations, vous devriez surveiller votre boîte aux lettres.

— Si j'en reçois une, avec plaisir.

— Vous serez le premier invité, Suzie ne jure que par vous ! Venez aussi voir le match. Ils vont perdre, mais il y aura de l'ambiance.

— Et s'ils gagnent ?

— S'ils gagnent, on en entendra parler tous les jours jusqu'à la fin de la retraite ! Vaut mieux qu'ils fassent comme d'habitude, croyez-moi !

Comme pour la contredire, Clément enchaînait les paniers en se mettant de plus en plus loin. Dans sa tête, il était Michael Jordan ou une autre star qu'il avait admirée quand il était jeune.

Lorsque Antoine prit congé, son visage s'était rasséréné. Il allait faire partie des supporters du match et recevoir une invitation officielle à l'inauguration de la brasserie. À haute voix, il remercia Woopie d'avoir choisi la bonne direction en quittant la maison. Le border collie tourna la tête avant de se remettre à gambader. Si son maître était content, tout allait bien dans sa vie de chien.

14.

Antoine attendit d'avoir tourné au coin de la rue pour hâter le pas. Pendant qu'il discutait avec Martine, Anita et Claire, il avait aperçu, du côté de l'épicerie, la silhouette d'un des commerciaux de Delannoy. S'il ne traînait pas, il pouvait rentrer assez tôt pour préparer de quoi le recevoir.

Tandis que l'homme s'avançait dans l'allée, la cafetière à l'italienne se mit à siffler dans la cuisine. En ouvrant la porte, Antoine fit au mieux pour contrôler son émotion. Comme la première fois où il l'avait croisé, il s'étonna d'une telle ressemblance. Pas seulement les traits, mais également l'allure, la façon de se tenir, et même la voix, grave et chaleureuse.

– Monsieur Lagadec, enfin ! Gabriel Fages, je travaille pour la maison Delannoy. Vous en avez entendu parler, j'imagine ?

L'entrée en matière avait été répétée mille fois et faisait partie de la panoplie du représentant de commerce ; néanmoins, Antoine apprécia sa sincérité. L'homme connaissait son nom, ne faisait pas mystère de celui de son employeur et admettait être déjà venu.

— Je vous mentirais si je vous disais que non. Entrez ; je vous sers un café ? Je viens d'en préparer un.

D'ordinaire, Antoine n'en buvait jamais après 14 heures, sous peine de ne plus trouver le sommeil. Mais s'il voulait prolonger leur rencontre, il n'avait pas le choix.

— Avec plaisir, la journée a été longue.

Antoine lui céda le passage et le laissa avancer vers le salon. Par réflexe, le professionnel de l'immobilier jeta un coup d'œil furtif à chaque pièce qu'il découvrait.

— Vous avez tout refait !

— À peu près, oui. J'avais besoin de me sentir chez moi.

— Les anciens propriétaires ne la reconnaîtraient pas. C'est indiscret de vous demander combien vous l'avez achetée ?

— Deux cent mille.

Déjà, on parlait d'argent. L'essentiel quand on était du métier. La calculatrice intérieure de Gabriel Fages était en marche et allait proposer un chiffre qui évoluerait au cours de la négociation. Antoine fut déçu de constater qu'il s'agissait d'une priorité pour cet homme de quarante ans. Il était jeune, aimable, souriant, mais animé par un seul but, le même chaque fois qu'il entrait dans une maison : estimer un prix, faire une offre, convaincre que c'était une chance à saisir, repartir avec le sentiment du travail bien fait.

— Avec les travaux, on peut monter à deux cent vingt mille.

C'était surestimé, mais Antoine ne rectifia pas. Il n'avait pas ouvert sa porte pour parler d'argent.

— Asseyez-vous, je vais chercher le café. Sucre ? Lait ?

— Nature.

En tenant pendant cinquante ans une imprimerie, Antoine avait parfaitement intégré la mécanique du vendeur. Il fallait que les choses aillent vite pour ne pas laisser à l'acheteur le temps de réfléchir, pour que le réflexe l'emporte sur la réflexion. Aussi traîna-t-il dans la cuisine afin de casser la dynamique. Lorsqu'il revint dans le salon, tenant un plateau sur lequel il avait disposé deux tasses dans des soucoupes, des gâteaux secs et du sucre au cas où Gabriel aurait changé d'avis, il s'était écoulé plusieurs minutes. Comme s'il avait compris la manœuvre, Woopie distrayait l'invité en tirant sur un bout de corde récupéré dans le jardin. Était-ce le jeu ou la présence de l'animal, le visage du commercial s'était éclairé, laissant apparaître des traits juvéniles.

— Il est jeune, il a besoin de se dépenser, expliqua Antoine en posant le plateau sur la table basse.

— J'ai toujours eu des chiens ou des chats quand j'étais gosse. Parfois les deux en même temps.

— Ce n'est plus le cas ?

— Je travaille trop, je n'aurais pas le temps de m'en occuper.

Antoine nota qu'il n'avait probablement pas d'enfants et vivait même peut-être seul, ou à la petite semaine.

Ce fut une sensation étrange et presque douloureuse de le voir assis là. Antoine ne put s'empêcher de songer qu'il avait ouvert sa porte à un fantôme du passé.

L'ambiance n'était plus à la négociation financière, mais évoquait une simple visite de courtoisie. Gabriel Fages avait parlé d'une longue journée ; sans doute la belle énergie du matin s'était-elle érodée. Il semblait disposé à s'accorder une pause et son regard fut attiré par la bibliothèque. En tendant le bras, il en effleura le bois.

— C'est du châtaignier ciré, n'est-ce pas ?

— Je crois, oui. Vous vous y connaissez ?

— J'ai passé un bac professionnel en ébénisterie. J'ai travaillé en atelier pendant cinq ans.

— Vous n'avez pas poursuivi ?

— Ce qui m'intéressait, c'était de restaurer des meubles anciens. Mon patron n'a pas voulu me laisser partir six mois, le temps que je fasse une formation. J'ai tout arrêté.

— Vous regrettez ?

— Parfois. Quand je vois un meuble aussi beau.

— Vous êtes jeune, vous pouvez reprendre le chemin là où vous l'avez arrêté. C'est souvent le premier pas qui coûte. Vous vous demandez ensuite pourquoi vous ne l'avez pas fait avant.

Gabriel Fages but une première gorgée de café et laissa son esprit vagabonder vers ce qu'aurait pu être son autre vie. Un sourire se dessina sur son visage, empreint de nostalgie. La ressemblance avec Simon ne s'arrêtait pas à quelques traits, à une silhouette et à une voix. Il y avait, dissimulée derrière unc façade tous les jours travaillée, une vie de regrets.

— Vous aimez ce que vous faites en ce moment ?

Gabriel fut surpris du ton sur lequel la question était posée. Ce n'était pas de la simple curiosité, et la ride du lion qui se forma entre ses sourcils indiquait qu'il se risquait en terrain glissant.

— Beaucoup, oui ! L'aspect financier est une chose, mais je me considère d'abord comme un passeur d'une vie à une autre. Je regarde les maisons, j'en achète et j'en vends, mais l'intérêt du métier, c'est de faire en sorte que les gens soient en adéquation avec l'endroit où ils vivent. J'ai cette chance de pouvoir leur proposer des biens qui leur correspondent, je les accompagne.

— Comme un sherpa le long d'une crête abrupte.

Gabriel avait servi un discours appris par cœur, trop peu sincère pour qu'il soit crédible, et il perçut l'ironie de la réplique. Pris en défaut, il avala une deuxième gorgée de café en espérant que cela suffirait à détourner la conversation.

— J'ai entendu parler d'une histoire de pollution des sols, insista Antoine. Si j'ai bien compris, il s'agit d'une rumeur. Pourtant, il semblerait que vous ou vos collègues s'en servent pour pousser les gens à vendre leur maison.

— Si la rumeur est avérée, ils nous remercieront d'en avoir été les premiers informés.

— Si elle ne l'est pas, ils le regretteront le reste de leur vie. Je ne suis pas sûr qu'ils vous considéreront toujours comme un passeur.

En sonnant à la porte, à aucun moment l'homme n'avait imaginé qu'il se trouverait ainsi ébranlé. Il pouvait terminer la cafetière, rien n'atténuerait son malaise.

— Je me trompe ou vous ne cautionnez pas les méthodes de votre patron ? demanda Antoine avec indulgence. Vous ne seriez pas le premier à devoir renier vos convictions, je vous rassure.

Mais rien ne rassurait Gabriel. Comment un vieux bonhomme pouvait-il lire aussi facilement en lui ? La veille, dans le bureau de Delannoy, il avait été le seul à proposer d'attendre les résultats de l'ARS concernant la pollution des sols de Saint-Ambroise. Il s'était fait rembarrer sèchement et, une fois sorti du bureau, n'avait pas osé sonder ses collègues.

— Les promoteurs immobiliers sont rarement des philanthropes, concéda-t-il. Quant à mes convictions, j'essaye de les préserver au mieux. J'imagine que vous-même avez dû accepter quelques entorses au cours de votre carrière ? Vous travailliez dans quel domaine ?

— Comme vous, j'étais dans la restauration. Pas de meubles, de livres. La plupart de ceux que vous voyez ici sont passés entre mes mains. J'ai eu la chance d'être mon propre patron et de n'avoir de comptes à rendre qu'à mes clients. Encore une fois, je vous assure que je comprends votre embarras. J'en suis même désolé pour vous. Ce n'est pas votre faute, mais celle d'un monde qui ne jure plus que par l'argent.

Antoine soufflait le chaud et le froid. Au silence qui suivit, il craignit d'avoir gâché ses chances de garder le contact avec le commercial. C'était pourtant le seul moyen d'être certain que celui-ci ne se fourvoyait pas dans un métier qui ne lui ressemblait pas.

Sur la table basse, l'écran du portable de Gabriel s'éclaira. Il y jeta un coup d'œil, avant de refuser l'appel.

— Je vais vous laisser, monsieur Lagadec, dit-il en se redressant. Vous n'avez pas l'intention de vendre votre maison, n'est-ce pas ?

— Pas la moindre !

— Je dirai à mes collègues de ne plus vous importuner.

Antoine comprit qu'il avait échoué à créer une connivence. Il l'avait contrarié, peut-être même vexé.

— Vous ne m'importunez pas, tenta-t-il pour se rattraper.

Déjà, l'homme se levait et rangeait son téléphone dans sa poche. Antoine ne put faire autrement que de le raccompagner. C'est à peine s'il réussit à articuler un « au revoir » en le regardant s'éloigner dans l'allée.

Quand il retourna dans le salon, la vue des deux tasses et des gâteaux auxquels le commercial n'avait pas touché sapa un peu plus son moral. Assommé par sa maladresse, il s'assit sur une chaise et fixa la fenêtre, le regard vide. Il regrettait ce ton paternaliste, cette façon de donner des leçons à quelqu'un dont il ignorait tout. Il aurait dû être patient, faire en sorte que cette première fois en suscite d'autres. Cette rencontre était un fiasco et il en était le seul responsable.

Tandis qu'il arrivait à cette conclusion, il prit conscience du bruit à l'extérieur. Dans le jardin, Woopie ne cessait d'aboyer, non pas pour jouer, mais parce qu'il était nerveux ou apeuré. Dehors, des pétarades de moteur troublaient la quiétude de la rue. Trois scooters étaient passés plusieurs fois devant sa fenêtre, mais Antoine ne les remarqua qu'à cet instant.

En sortant de la maison, il sentit qu'il n'était plus maître de ses émotions. La frustration de n'avoir pas su gérer sa rencontre avec Gabriel générait de la colère ; ces deux sentiments réveillaient les douleurs du passé. À cet instant, il ne supportait plus rien. Les scooters qui allaient et venaient dans la rue sans autre but que d'emmerder le monde excitaient sa nervosité. Comme des guêpes tournoyant au-dessus d'un verre d'alcool, il fallait les chasser, faire cesser ce vrombissement pour retrouver le calme. Il retourna dans la maison, prit la clef du garage et celle du pick-up et, en moins d'une minute, fut assis au volant, prêt à démarrer.

C'est par la rue des Carmes que les guêpes arrivèrent. Trois voyous sans casque, mais cagoulés, zigzaguaient sur la route, roulaient sur les trottoirs et les pelouses, shootaient dans les fleurs pour le seul plaisir de détruire. En passant devant le pick-up, l'un d'eux freina soudain, fit demi-tour et vint se placer devant la calandre, moteur hurlant. Un autre le rejoignit, tandis que le troisième s'arrêta au niveau de la vitre passager. Antoine continuait de regarder devant lui, les mains sur le volant. Malgré leurs cagoules, il reconnut ceux qu'il avait mis en déroute chez Joachim. Tous donnaient de violents coups d'accélérateur pour tenter de l'impressionner, mais Antoine restait impassible. Le meneur, sans doute déçu de ne pas susciter plus de peur, lâcha soudain le frein pour venir heurter le pare-chocs. Il recommença une fois, puis une autre, mais le pick-up, trop lourd et trop vieux pour se laisser impressionner, ne broncha pas. Pensant avoir gagné la bataille psychologique, le gamin recula et donna l'ordre aux deux autres de le suivre. Antoine attendit qu'ils aient disparu pour mettre le contact. Dans la rue déserte, il roula au pas, tourna à droite dans la rue des Carmes, puis de nouveau à droite dans la rue des Cigognes. Derrière les fenêtres de chez Suzie, il vit des regards d'hommes et de femmes inquiets de savoir quand le rodéo allait prendre fin. Il poursuivit jusqu'à l'épicerie et aperçut Joachim en train de baisser le rideau de sa porte, en avance sur l'heure de fermeture. Il avait presque fait le tour du quartier et n'entendait plus le bruit des moteurs, jusqu'à ce qu'il tourne dans la rue du 29-Septembre. Là, il vit les trois scooters garés devant le terrain de basket, et un peu plus loin, les voyous.

Antoine s'arrêta, moteur en marche, et les regarda s'approcher de Clément, Francis, Jérôme et Fabrice qui avaient cessé de jouer. Les trois femmes, dans les gradins, n'étaient plus là pour s'interposer ou simplement témoigner de l'agression qui allait suivre. Antoine ne pouvait entendre ce qui se disait sur le terrain, mais il vit les voyous se saisir du ballon et échanger des passes en tournant autour des quatre hommes. Plusieurs fois, ils firent mine de leur lancer le ballon au visage, provoquant un réflexe de peur qui les amusait. La situation pouvait à tout moment dégénérer, un coup être porté ou un couteau sorti d'une poche. Ils étaient à moins de cent mètres et prirent conscience de la présence du pick-up lorsqu'ils entendirent le moteur rugir. Pied au plancher, Antoine lâcha soudain le frein et fonça en direction des scooters. À plus de soixante à l'heure, il les percuta de plein fouet, les envoyant valser comme des boules de billard. Une fois arrêté, il descendit du véhicule et se dirigea droit vers le meneur qu'il n'avait pas quitté des yeux.

— T'as pas compris ce que je t'ai dit la dernière fois, espèce de raclure de chiottes ? T'as besoin qu'on vide la merde qui t'encrasse le cerveau ?

Quelques jours plus tôt, à l'épicerie, les mômes s'étaient laissé impressionner et avaient fui. Cette fois, le meneur ne sourcilla pas et se détacha du groupe pour venir à la rencontre d'Antoine.

— Je vais te défoncer la gueule, grand-père ! C'est pas en pick-up que tu vas rouler, c'est en fauteuil !

La baffe magistrale qui l'accueillit le surprit tout autant que ceux qui regardaient, mais le gamin était bien décidé à se battre. Dans ses yeux brillait la haine engendrée par l'humiliation. Il frappa d'abord au visage, atteignant

Antoine à l'arcade, puis au ventre, avant de le bousculer suffisamment fort pour lui faire perdre l'équilibre.

— Qu'est-ce que tu dis maintenant, connard ? lança-t-il en se tenant au-dessus de lui, prêt à frapper de nouveau.

Antoine s'essuya le visage, là où le sang commençait à couler, et prit appui sur l'autre main pour se relever. Derrière, Clément et les autres protestaient et voulaient s'interposer, mais les deux voyous les en empêchaient.

— J'en dis que tu frappes comme un nourrisson qu'aurait pas encore toutes ses dents. Où est-ce que t'as appris à te battre comme ça ? Chez les religieuses ?

Vexé par l'insulte, le môme s'approcha pour frapper au corps à corps. Il cogna de toutes ses forces, mais les poings ne rencontrèrent que les avant-bras d'Antoine, recroquevillé sur lui-même.

— Tape, corniaud ! C'est tout ce que t'as dans le bide ? Ma mère, sur son lit de mort, avait plus de poigne que toi !

— J'vais te tuer, le vieux !

— C'est ça, fais-toi plaisir, espèce de chiure de mouche.

Le petit voyou, n'ayant pas l'habitude qu'on lui résiste ainsi, douta de ce qu'il devait faire. Une seconde de trop qui l'empêcha de voir arriver le poing d'Antoine en plein visage. Hors de lui, il sortit son couteau et en fit jaillir la lame.

— Tu l'auras voulu, papi !

— Enzo, les flics ! cria alors un des mômes en retrait.

De la rue des Lupins, une voiture de gendarmerie venait de débouler et fonçait vers le terrain de basket. Le môme au couteau, Enzo, puisque c'était son nom, hésita, avant de s'enfuir à son tour. Trois gendarmes sortirent de la voiture et leur coururent après ; un quatrième, plus âgé, s'approcha pour comprendre ce qu'il s'était passé.

— Tout va bien, monsieur ?

— Ça va. Occupez-vous plutôt de ces merdeux.

— Ça ne va pas si bien que ça. Vous saignez.

Antoine sortit un mouchoir de sa poche et essuya le sang qui coulait de son arcade. Clément, émergeant de son hébétude, s'approcha à son tour, aussitôt suivi des trois autres.

— Ben, mon vieux, si on était tous comme toi, il y a longtemps qu'ils viendraient plus nous faire chier, ces merdaillons ! Tu veux qu'on appelle un médecin ?

Pour la première fois, Clément le tutoyait. Comme souvent, les épreuves qu'ils traversent ensemble nouent un peu plus fort les liens entre les hommes.

— Ça ira ! J'aurais pu me faire ça tout seul dans mon garage.

— On va porter plainte ! dit Fabrice au gendarme. Celui qui avait un couteau s'appelle Enzo ! Ça m'étonnerait que vous ne le connaissiez pas ! Il y a leurs scooters, là-bas. Ils sont sûrement volés, mais vous pouvez relever les empreintes des voyous.

Des deux côtés du terrain, des habitants du quartier affluaient, des hommes et des femmes curieux et inquiets. Ses collègues partis à la poursuite des voyous n'ayant toujours pas reparu, le gendarme commença à se sentir seul.

– Racontez-moi ce qui s'est passé, dit-il. C'est à qui, le pick-up ?

– À moi, répondit Antoine.

– C'est vous qui avez renversé les scooters ?

– Je ne voulais pas qu'ils puissent partir avec.

– Ils étaient dessus quand vous les avez percutés ?

En trois questions, l'homme en uniforme tentait de retourner la situation, une attitude qui déplut à Clément.

– S'ils étaient dessus, ils ne courraient pas comme des lapins ! Qu'est-ce que vous faites, vous, au lieu de leur courir après ? Qu'est-ce que vous faites tout court pour les empêcher de faire chier le monde ? Je vous signale que c'est nos impôts qui vous payent, alors faudrait voir à être efficaces !

– Ce n'est pas en s'énervant qu'on va régler la situation.

– C'est pas non plus en se tournant les pouces. Ça fait des mois qu'ils nous emmerdent. Ils ont déjà braqué Suzie et Joachim, seulement vous êtes pas capables de les arrêter !

– On est plusieurs à penser que vous avez des consignes, ajouta Francis, qui n'avait rien dit jusque-là. Ça doit en arranger certains qu'on ne se sente plus en sécurité !

– On ne reçoit aucune consigne, se défendit le gendarme. On se déplace là où on nous appelle.

– Alors, vous êtes pas rapides !

Comme pour mieux confirmer l'accusation, les trois collègues apparurent au bout de la rue du 29-Septembre, bredouilles.

– C'est pas encore aujourd'hui que vous allez leur mettre la main dessus ! cingla Clément.

– Ce n'est pas aujourd'hui, mais ça viendra. En attendant, vous, le propriétaire du pick-up, si vous ne voulez pas voir de médecin, vous allez nous accompagner au poste pour faire une déposition. Deux de mes collègues vont rester ici pour prendre les témoignages de ceux qui ont vu quelque chose. Les autres, vous pouvez rentrer chez vous.

– Pas question, il n'ira nulle part ! s'énerva Francis. Antoine est venu nous défendre, il a failli se faire tuer et vous le traitez comme un criminel. Ça va pas bien dans votre tête ?

– Monsieur, je vous conseille de changer de ton !

– Alors, ouvrez les yeux, merde ! Les criminels, c'est ceux que vos collègues ont laissés filer ! C'est eux que vous devez amener au poste !

Tout autour, la vingtaine d'habitants du quartier qui s'étaient massés approuvaient bruyamment. Parmi eux se trouvaient Suzie et Joachim, confirmant ce qui avait été dit à propos des braquages.

– On ne va pas placer monsieur en garde à vue, on l'emmène pour prendre sa déposition, tenta d'expliquer le gendarme en jetant un coup d'œil nerveux à ses collègues pour qu'ils activent le pas.

— Vous n’avez qu’à la prendre ici, sa déposition ! dit Fabrice.

— Vous n’avez pas à me dire ce que je dois faire !

— Des fois, je me demande ! Regardez vos gars, pas foutus de courir trois cents mètres !

L’officier ne trouva rien à dire. L’état des gendarmes, qui peinaient à retrouver leur souffle, ne plaidait pas en leur faveur. La seule satisfaction était d’avoir mis la main sur le couteau du meneur, preuve de la dangerosité de la bande.

— Comment ça se fait que vous ne les ayez toujours pas attrapés ? demanda Martine. C’est pas Marseille, ici, vous n’allez pas me dire que vous êtes débordés !

— Et pourquoi on n’a pas de caméras de surveillance ? questionna Anita. Y en a dans toute la ville, sauf chez nous !

— C’est fait exprès ! Ils ont des consignes, j’vous dis !

Francis n’en démordait pas, la gendarmerie était de mèche avec la mairie et Delannoy pour tuer Saint-Ambroise. La tension était en train de monter d’un cran quand une silhouette fendit la foule d’un pas tranquille. Était-ce la peur de recevoir une heure de colle, tout le monde fit silence autour de l’ancienne professeure de français.

— Batman a remis sa cape de justicier ? demanda Faustine en effleurant l’arcade sourcilière d’Antoine.

Sans réponse de l’intéressé, elle jeta un regard circulaire qui s’arrêta sur les trois scooters couchés devant le pick-up.

— Il a même sorti la Batmobile. C'est bien, on se sent protégés.

— Madame Millet, je dois prendre la déposition de monsieur.

— Bien sûr, Étienne. Mais ça doit pouvoir attendre qu'on soigne ses blessures, non ?

Comme beaucoup d'hommes et de femmes de moins de cinquante ans, le gendarme était passé par la classe de Faustine au collège. Et, comme la plupart d'entre eux, il en avait gardé ce mélange de respect et de crainte.

— Plus tôt on aura les détails sur ce qui s'est passé, plus tôt on pourra agir, expliqua-t-il d'une voix mal assurée.

Un simple regard suffit pour que le doute s'installe dans son esprit. Pas sur le fond, il était maître en la matière et décidait seul de ce qu'il convenait de faire, mais sur la forme. À toute vitesse, il repassa sa phrase en mémoire pour vérifier qu'elle était correcte.

— On peut aussi prendre toutes les dépositions ici, admit-il sans qu'elle le lui demande. Mais cela ne concerne que ceux qui ont vu quelque chose ! Les autres, vous pouvez rentrer chez vous.

Il reprenait ainsi les commandes de la situation, un compromis qui ne semblait pas discutable.

15.

La blessure à l'arcade ne saignait plus, mais avait déjà pris une couleur violacée. Faustine y avait appliqué un antiseptique et posé un pansement qui donnait à Antoine un air de vieux boxeur. Si le cocard ne le faisait pas souffrir, les coups reçus au ventre se rappelaient à son bon souvenir chaque fois qu'il prenait une inspiration trop profonde. Il faisait en sorte de ne pas grimacer quand la douleur le surprenait, pas question d'inquiéter l'infirmière qui n'attendait que ça pour lui reprocher son inconscience. Quant à la fesse droite sur laquelle il était tombé, il pariait qu'il s'en tirerait avec un bel hématome qui changerait de teinte au fil des jours ; mais pas question là non plus d'en parler, il verrait ça le soir au moment de se doucher. En attendant, assis sur la chaise où il se faisait soigner, il penchait du côté le moins douloureux.

Le recueil des dépositions avait duré moins d'une demi-heure. Antoine n'avait pas souhaité porter plainte, mais Clément avait suivi les gendarmes au poste pour le faire à sa place. La plupart de ceux qui n'avaient rien vu étaient rentrés chez eux, comme l'avait ordonné l'officier de gendarmerie, à l'exception de Faustine qu'il n'avait pas osé contrarier. Depuis les gradins où elle s'était assise, elle avait écouté tout ce qui s'était dit et avait levé plusieurs fois les yeux au ciel, notamment lorsque Clément avait rapporté les échanges entre Antoine et le voyou au couteau.

— Je vais être honnête avec vous, dit-elle en prenant de nouvelles compresses, je n'ai jamais été attirée par les plus forts. Je crois plutôt avoir un faible pour les losers, les timides, les gens pas sûrs d'eux. Ça doit me faire sentir moins seule. Ce que vous avez fait sur le terrain de basket ne m'impressionne donc pas. Je ne vais pas vous faire la morale, mais en ce moment, vous pourriez être sur la table d'un chirurgien doutant de pouvoir vous sauver la vie. Tout ça pour quoi, exactement ? C'est la question que je me pose.

— Je me suis un peu emballé, je crois.

— Emballé ? C'était complètement stupide, oui ! Vous pensiez vraiment faire le poids face à trois adolescents armés de couteaux ?

— Un seul avait un couteau.

— Vous n'en savez rien ! Et qu'auriez-vous fait si les gendarmes n'étaient pas arrivés ?

— Je serais probablement mort.

— Exactement ! Et j'en reviens à ma question : pour quoi, après tout ce que vous avez fait pour Saint-Ambroise, pour Suzie, pour Clément, pour Maurice, pour moi, ou pour Louise que vous ne connaissiez pas il y a une semaine ? Dès la première seconde où je vous ai vu, j'ai su que vous étiez un mystère, mais alors là, je sèche !

C'était tentant, servi sur un plateau. Tout déballer parce qu'il était inutile de mentir, sinon pour bâtir un mur de méfiance et d'incompréhension. Il avait déjà failli tout raconter, le jour où ils étaient allés à Beaune. Cette fois encore, il hésita. Il avait une réponse toute prête, une pirouette qui allait la décevoir, mais qu'elle aurait la décence de respecter. Pourtant, ce n'est pas ce qui sortit de sa bouche.

— Je ne me suis jamais occupé des autres. Je n'ai fait que passer à côté d'eux. Ils étaient là, mais je ne les voyais pas.

Il fit une pause, pas certain de vouloir poursuivre. Debout à ses côtés, Faustine arrêta d'appliquer une pommade à l'arnica sur la bosse qu'il avait sur le crâne.

— Ma femme a d'abord essayé de me bousculer, reprit-il, de me faire prendre conscience que nous vivions comme deux étrangers sous le même toit. Elle s'est remise en question, pensant que cela venait d'elle, avant de comprendre que ce n'était pas le cas. Un jour, elle en a eu marre et a demandé le divorce. Elle m'a dit que je n'étais qu'une enveloppe vide. Elle avait pris sa décision et, quelques jours plus tard, nous étions séparés. Je ne lui en ai pas voulu, j'étais d'accord avec elle. Avec mes enfants, je n'ai pas fait mieux. Ils avaient huit et douze ans au moment du divorce. Ils sont allés vivre avec elle, je les avais un week-end sur deux, puis sur trois ou sur quatre, et un peu pendant les vacances. Je n'ai pas éprouvé de sentiment de manque, c'était comme ça. Je me levais le matin, j'allais au travail, je rentrais le soir, une routine qui ne me pesait pas. Dans la journée, je ne voyais que des clients ou des fournisseurs. Les semaines, les mois et les années ont passé sans que rien ne change.

Faustine n'osait plus bouger, de peur d'interrompre sa confession. Trop surprise qu'il se dévoile enfin, elle ne songea même pas à lui reprocher de lui avoir menti à propos de ses enfants. De son côté, puisqu'il avait commencé, le mieux était finalement de tout dévoiler, pour qu'il n'ait pas à y revenir.

– Les relations avec Léa, l'aînée, se sont dégradées à l'adolescence, davantage encore quand elle est partie poursuivre ses études à Bordeaux. On ne se parlait qu'au téléphone, elle me reprochait d'être égoïste, froid, et un tas d'autres choses que je ne cherchais pas à nier. J'ai compris plus tard que ce n'était pas pour elle, mais pour Simon, son frère. Lui vivait la situation beaucoup moins bien, mais n'en parlait pas. Il avait besoin de moi, de mon attention, d'une complicité que je ne lui accordais pas. Vous allez me demander : pourquoi avoir fait des enfants si ce n'est pour les aimer et partager avec eux les moments importants de leur vie ? Je n'ai pas de réponse. Disons que j'étais sourd et aveugle.

Il s'arrêta un instant, le temps de chasser de son esprit des images du passé trop douloureuses.

– En devenant adulte, reprit-il, Simon a eu moins besoin de moi. C'est en tout cas ce que j'ai cru. Il s'est mis à travailler comme un acharné, a un temps exercé comme avocat, avant de devenir juriste au sein d'associations humanitaires. Il m'envoyait des photos de lui, prises aux quatre coins de la planète, accompagnées de lettres auxquelles je ne répondais pas. J'étais content pour lui, mais je n'éprouvais pas le besoin de le lui dire. Je n'étais pas très bavard non plus quand il passait me voir à l'atelier ou lorsqu'il m'invitait au restaurant. Je l'écoutais, je lui affirmais que c'était bien, mais au fond, je ne savais pas quoi lui dire. Il a fini par se lasser et a compris qu'il n'obtiendrait pas davantage de moi. Je voyais qu'il était déçu, mais je ne trouvais rien pour le rassurer. C'est étrange, cette sensation. J'étais là sans être là, indifférent, fade et profondément ennuyeux. Un jour, un client m'a apporté un exemplaire de *L'Étranger* pour que j'en fasse la reliure. Pour une fois, j'en ai profité pour le lire. Je me suis reconnu dans le personnage de Meursault. Détaché de tout, distant, incapable de trouver un sens à la vie. La lecture m'a fait prendre conscience de ce que j'étais, mais ne m'a pas changé. Un jour je me suis réveillé de cette léthargie absurde. C'était il y a quelques mois, j'avais soixante-dix ans.

Il avait tout dit, ou presque, sans se chercher d'excuses. Il était d'une lucidité foudroyante. Des décennies à passer à côté de la vie. Faustine hochait la tête imperceptiblement, sonnée par la confidence. En l'écoutant, elle n'avait pu s'empêcher de penser à son propre parcours, à ce qu'elle avait réussi, à ses échecs. L'ennui et l'indifférence dont avait parlé Antoine résonnaient en elle. Depuis qu'elle était veuve, le goût de l'existence s'était affadi. L'énergie déployée à lui faire retrouver son piquant avait vacillé, jusqu'à ce qu'elle se résigne à la rendre seulement acceptable. Elle ne comptait plus les repas sautés, les journées à traîner d'une pièce à l'autre, comblant le vide avec quelques tâches ménagères sans intérêt. Personne n'étant là pour la voir, elle se contentait d'un coiffage rapide, ne s'embarrassait pas de maquillage et prenait les premiers vêtements venus dès que le temps était gris et qu'elle ne prévoyait pas de sortir – alors qu'elle avait toujours fait preuve de tant d'élégance. Le déclin de Saint-Ambroise n'avait rien arrangé, mais ne pouvait constituer une excuse. Elle n'était sans doute pas la seule à attendre que les jours filent, à se demander pourquoi continuer ainsi. À elle aussi, le sens de la vie avait parfois échappé.

– J'aurais dû vous parler de mes enfants le jour où vous m'avez posé la question, reconnut Antoine. Je n'ai pas eu le courage, chaque réponse en aurait entraîné une autre.

– Vous mentez très bien, je vous ai cru.

C'était dit sans animosité ni rancœur, un simple constat qui ne cachait aucun reproche.

– Vous avez fait comme vous avez pu, ajouta-t-elle en posant sa main sur son épaule. Vous m'en parlez aujourd'hui, vous n'y étiez pas obligé.

Il ne l'était pas et ne savait pas s'il avait bien fait. Ce n'était pas un poids dont il s'était libéré, il n'en ressentait aucun soulagement. Les choses étaient ainsi et rien ni personne ne pouvait les changer. À son tour, il posa sa main sur celle de Faustine.

— Venez, dit-elle en l'invitant à se lever.

Surpris, il se laissa entraîner et la suivit dans l'escalier. Elle grimpa les marches en lui tenant la main et ne la lâcha qu'une fois dans la chambre, au moment de faire le tour du lit. Délicatement, elle s'assit sur le bord et retira ses chaussures, puis se retourna pour préciser son intention.

— Ce n'est pas pour ce que vous croyez. Enfin, pas aujourd'hui, mais c'est peut-être une étape. Si vous en avez envie, bien sûr.

La belle assurance dont elle avait fait preuve une minute plus tôt s'était volatilisée, mais Faustine avait su dominer ses craintes. De l'autre côté du lit, Antoine se tenait debout, pas plus serein. La dernière fois qu'il s'était allongé à côté d'une femme remontait à des décennies. Il avait oublié ces instants d'émotion, les gestes et les mots qu'on disait dans ces moments-là. C'était une victoire sur lui-même, la preuve qu'on pouvait encore l'aimer. Cela marquait une rupture avec sa vie d'homme solitaire. Il sentit ses yeux s'emplir de larmes et son cœur se serrer dans sa poitrine, puis ses forces l'abandonner en même temps que les images de la vie d'avant défilaient dans son esprit. Léa et Simon, enfants, adolescents, puis adultes, le fossé qui n'en avait plus fini de les séparer, l'atelier et la maison d'Orsay, mornes et tristes comme une prison qu'il avait bâtie seul, sans savoir de quel crime il s'était puni et avait puni les siens. Sans doute n'aurait-il jamais la réponse.

— C'est rassurant de voir que vous pouvez être ému, mais si vous restez debout, je vous assure que ce qui subsiste de féminité chez moi risque de ne pas s'en remettre.

En quelques mots, Faustine le ramena à la réalité. Il s'assit à son tour, se déchaussa et s'allongea à côté d'elle. Chacun se tourna alors vers l'autre, hésitant sur ce qu'il fallait faire ou dire.

— Ça vous dérange si on fait un selfie pour que je l'envoie à mon fils ? demanda Faustine.

Antoine fronça les sourcils, déclenchant immédiatement le rire qu'il aimait tant chez elle. Il la connaissait suffisamment, désormais, pour savoir que la dérision servait à crever la bulle d'anxiété qui s'emparait d'elle. Il sourit à son tour et prit sa main, pour ne plus la lâcher.

— Vous avez bien fait de choisir Saint-Ambroise pour votre nouvelle vie, murmura-t-elle. Sans vous, je serais en train de regarder les jours passer, alors que, maintenant, j'ai envie que le temps s'arrête.

— Ce n'est pas ce qu'il vient de faire ?

— Si, je crois.

Trente centimètres les séparaient, que Faustine combla pour venir poser ses lèvres sur celles d'Antoine. Lorsqu'elle s'écarta, ses yeux brillaient comme à seize ans. Le temps ne s'était pas seulement arrêté, il avait fait un bond en arrière.

La lumière du jour déclinait rapidement dans la pièce. On approchait de la fin du mois de septembre et l'automne ne dérogeait pas à la règle : avant 20 heures, le soleil serait couché.

— Vous me promettez de ne plus faire ce genre de bêtises ?

— Vous parlez des voyous de tout à l'heure ?

— C'est la deuxième fois que vous vous interposez. J'aimerais autant qu'il n'y en ait pas de troisième.

Antoine revit le moment où celui qui s'appelait Enzo avait menacé de le tuer. Dans ses yeux, il avait lu une fureur confirmant qu'il était prêt à passer à l'acte. Un peu plus tôt, assis au volant du pick-up, il l'avait défié du regard en souhaitant qu'il soit armé comme il l'était chez Joachim. Le reste, les scooters renversés, les provocations et les insultes, n'avait servi qu'à le pousser à bout. Un simple coup de couteau et les soucis se seraient envolés, une libération. Cela, il ne pouvait l'avouer à Faustine.

— Promis. Batman range sa cape pour de bon.

— Il a intérêt !

Elle prit appui sur lui pour remonter légèrement de façon à atteindre sa bouche et le vit alors grimacer.

— Je vous ai fait mal ?

— Non, ça va.

— Si, je vous ai fait mal. C'est où ?

— Ce n'est rien, je vous dis.

— Je ne vais pas vous lâcher, vous feriez mieux de me le dire. C'est au ventre ?

— Non.

— À l'épaule ?

– Non plus.

– Vous voyez que c'est quelque part !

Effectivement, Faustine n'allait pas le lâcher. Surtout avec cet œil malin qui avait deviné que l'endroit avait un rapport étroit avec la pudeur.

– Ce n'est pas aux…

– À la fesse droite ! avoua-t-il avant qu'elle dise n'importe quoi. Je suis mal tombé, je dois avoir un hématome.

– Vous voulez que je regarde ?

– Sûrement pas !

Comme il s'y attendait, elle se mit à rire et dut se redresser pour ne pas s'étouffer.

– Vous êtes une vraie gamine !

Il y avait une chance sur dix pour qu'elle se calme, une chance qu'elle n'avait aucune intention de saisir.

– Batman qui a mal aux fesses ! Vous êtes mon super-héros préféré, Antoine !

Le mieux était qu'il prenne sur lui. Il ne pouvait se refuser le plaisir de la voir aussi rayonnante, même si c'était à ses dépens.

16.

À Saint-Ambroise, le lendemain et les jours suivants furent placés sous le signe de la fébrilité. La rumeur de la pollution du sous-sol continuait de circuler, mais les esprits restaient assez sages pour se tourner vers deux événements de première importance : le match de basket contre l'équipe de jeunes et l'inauguration, dans la foulée, de la salle de danse. Chacun s'y préparait à sa façon, les joueurs en s'entraînant et en tâchant d'élaborer une tactique, les autres en mettant la dernière main à la décoration. Dans les conversations on évoquait régulièrement l'incident survenu sur le terrain de basket. Contrairement à la première fois où les avis étaient mitigés, on s'accordait à dire qu'Antoine s'était comporté en véritable citoyen, soucieux du bien-être de la communauté à laquelle il appartenait désormais. À part Charles, de plus en plus acariâtre depuis qu'il goûtait malgré lui aux joies du célibat, personne ne critiquait la méthode, certes radicale, mais jugée efficace. D'autant que les gendarmes avaient fait leur travail et retrouvé Enzo dans la soirée. Seul garçon majeur de la bande, il allait vite rencontrer le procureur de Dijon et passer en comparution immédiate. Les deux autres avaient également été identifiés et leurs parents prévenus, peu ravis d'apprendre que le casier judiciaire de leur gosse ne serait plus vierge. Contre toute attente, Suzie mit elle aussi un bémol. Non qu'elle plaigne les voyous, mais elle n'oubliait pas qu'un drame avait été évité de peu et qu'il n'aurait plus été question ni de match ni d'inauguration si Antoine s'était fait poignarder.

Un autre sujet n'en finissait pas d'alimenter les conversations. Il concernait toujours Antoine, mais pas seulement. Tout le monde savait que Faustine avait passé la soirée chez lui ; on avait même vu de la lumière à l'étage jusqu'à 23 heures. Pour les uns, c'était une bonne chose que ces deux-là se soient trouvés. Ils n'avaient pas perdu de temps, l'époque voulait ça, et on se demandait déjà s'ils allaient vivre ensemble ou garder chacun leur maison. Pour les autres, minoritaires, il était trop tard pour changer des habitudes de vieux célibataires et leur relation était vouée à l'échec. Le sujet lancé sans précaution à la brasserie avait entraîné une joyeuse cacophonie, chacun reprochant à son conjoint, présent ou pas, toutes sortes de manies exaspérantes. Elles avaient certes traversé des décennies de mariage, mais puisqu'on en parlait, il était temps qu'elles s'arrêtent, si ça n'était pas trop demander.

Antoine avait raccompagné Faustine chez elle un peu avant minuit. La soirée n'avait d'ailleurs pas été aussi romantique qu'on l'imaginait, l'un et l'autre s'étant endormis avec la lumière et n'ayant été réveillés que par les griffes de Woopie sur le parquet. Alors qu'ils émergeaient du sommeil, l'idée de passer leur première nuit ensemble leur avait traversé l'esprit, avant que Faustine prétexte ses volets laissés ouverts. Antoine n'avait pas insisté, convaincu qu'à leur âge, comme pour une première fois, il fallait se préparer longtemps à l'avance afin que l'affaire ne tourne pas au fiasco. Sur le chemin du retour, ils avaient décidé de se tutoyer. Faustine avait alors dit quelque chose qui avait désorienté Antoine.

— Je trouve très noble ton entreprise de rédemption, c'est tout à ton honneur. Mais je ne voudrais pas faire partie du lot. J'aimerais que tu y réfléchisses et que tu sois sûr que je n'ai rien à voir avec tes revanches sur le passé.

Il avait voulu répondre tout de suite, mais elle l'avait arrêté. Une nuit de réflexion ou le temps qu'il faudrait, c'est ce qu'elle lui demandait. Si leur histoire d'amour devait démarrer, c'était la dernière de leur vie et elle ne voulait ni être déçue ni souffrir. Puis elle l'avait embrassé sur la joue avant de pousser le portillon et de disparaître chez elle. Antoine était resté sans réaction, forcé d'admettre que la question qu'elle avait soulevée était légitime. Il était rentré légèrement hagard, sentant qu'un grain de sable venait de se glisser dans la mécanique.

— Vous vous êtes vraiment battu avec Enzo ?

— Je l'ai touché une fois au visage. Les autres coups, c'est moi qui les ai pris.

— Il aurait pu vous tuer ! C'est un caractériel, ce mec !

Louise n'en revenait pas qu'Antoine ait osé affronter Enzo. Elle ne parlait pas d'inconscience, mais c'était sous-entendu. Elle l'avait appris au lycée, par le fils d'un des gendarmes qui étaient intervenus sur le terrain de basket. À la sortie des cours, elle avait pris son vélo pour filer au 63, rue des Lupins.

— Vous n'avez pas trop mal à l'œil ?

— Ça peut aller ! Et ça me donne un genre.

Louise sourit, rassurée qu'il le prenne aussi bien. Elle s'était inquiétée parce qu'elle aimait profondément cet homme croisé par hasard. Il était la preuve que la vie réservait de jolies surprises capables de faire basculer le destin.

— Lundi soir, j'ai reparlé photo avec mes parents.

— De l'école de Lyon ?

— Pas encore. Mais j'ai expliqué que c'était un vrai métier, qu'il y avait des diplômes reconnus et que le nombre de débouchés n'était pas pire qu'ailleurs. Ma mère s'est énervée, mais pour une fois, pas mon père. Je crois qu'il commence à se faire à l'idée que je ne ferai pas médecine.

C'était une bonne nouvelle. Pourtant, Antoine sentit de la contrariété dans la voix de l'adolescente.

— Qu'est-ce qui ne va pas ?

Louise, regard fuyant et bouche tordue pour empêcher les mots de sortir, mit du temps à répondre.

— Je ne ferai pas médecine, mais je suis encore moins sûre de pouvoir entrer à Eisenberg. Vous avez vu le niveau qu'ils demandent ? Je suis plus jeune que tous les élèves, la rentrée est passée depuis un mois et je n'ai rien pour me distinguer des autres.

— Très bien !

— Quoi, très bien ?

— Tu n'as plus qu'à trouver quelque chose pour te distinguer.

— Vous croyez que c'est facile ?

— Rien n'est facile. Mais si tu es convaincue que c'est impossible, alors tu as déjà échoué.

— Vous allez me faire la morale, là ?

— Parfaitement ! Et tu vas ouvrir grand tes oreilles parce que je ne vais pas le dire deux fois ! Tu peux être impressionnée par le mur qui se dresse devant toi, tu peux douter, tu peux avoir peur, mais il y a une chose que tu ne peux pas faire, c'est abandonner. Tout le monde tombe, c'est même là que se fait la première différence : entre ceux qui restent par terre et ceux qui se relèvent. Toi, tu n'es pas encore tombée, mais tu parles déjà d'arrêter. Tu réagis comme une enfant gâtée qui n'a jamais eu à se battre.

— Vous dites n'importe quoi ! Je ne suis pas une enfant gâtée et je me bats tous les jours !

Elle n'avait encore jamais élevé la voix avec lui. Elle en fut la première surprise, mais n'était pas prête à s'excuser pour autant.

— Dans ce cas, continue ! Sinon, tout ce que tu as déjà fait n'aura servi à rien.

Elle hocha la tête, le temps de faire retomber la pression ou de se demander si elle ne ferait pas mieux de partir.

— Et la deuxième différence ?

Elle pensait qu'il avait oublié, mais la réponse vint du tac au tac.

— Elle dépend du nombre de fois où tu es prête à te relever. Plus la tâche est rude, plus il faut de courage et de caractère pour ne pas renoncer. Si tu n'as ni l'un ni l'autre, si tu flanches au premier obstacle, ta place dans la société sera celle que d'autres choisiront pour toi. C'est ce que tu veux ?

— Non.

— Alors avance, tombe, relève-toi et continue d'avancer ! Il n'y a pas trente-six solutions !

Louise pouvait tourner le problème dans tous les sens, elle savait qu'il avait raison. Peu à peu, son visage se détendit, puis ses yeux s'illuminèrent.

— Vous m'aviez prévenue qu'un jour vous me botteriez les fesses, dit-elle avec un sourire en coin.

— Ce n'est pas pour ça que tu es venue ?

— Je suis venue voir si vous alliez bien.

— Tu as fait d'une pierre deux coups. Maintenant, donne-toi les meilleures chances d'entrer dans cette école et cherche ce truc qui va te distinguer.

La tâche paraissait toujours immense, mais Louise se sentait ragaillardie. Et si elle était honnête, elle devait admettre qu'elle était aussi venue voir Antoine pour qu'il la secoue.

— Tu déjeunes avec moi ?

— C'est gentil, mais non. Je dois aller faire des repérages à la brasserie. Au fait, vous avez conclu avec Faustine ?

— Presque.

— Ça n'existe pas, « presque ». C'est « oui » ou c'est « non ». Vous vous êtes embrassés ?

— Ça ne te regarde pas.

— Donc, pas encore.

— Si, on s'est embrassés. Plusieurs fois, si tu veux savoir !

— Cool !

Louise affichait un grand sourire et Antoine sut qu'il s'était fait avoir.

— Je vous ai dit que ma mère est pharmacienne ? Si ça vous intéresse, je peux vous apporter du Viagra, elle n'en saura rien.

Antoine crut qu'elle plaisantait, mais en réalité elle était sérieuse. Plusieurs générations les séparaient. La sienne, malgré Mai 68, avait bâti autour de la sexualité des murs de pudeur et des tabous qui semblaient ne plus exister aujourd'hui. Il en avait toutefois gardé les vieux réflexes et préféra éviter le sujet.

— File, ce ne sont pas des choses qui te regardent !

— Comme vous voudrez ! Vous me direz si vous changez d'avis !

Elle l'embrassa sur la joue, fit une caresse à Woopie et sortit. La visite de Louise avait été une éclaircie dans la journée d'Antoine. Cependant, il ne savait ni où ni comment, mais il sentait que l'horizon se bouchait. Pour ne pas tourner en rond à la maison, il alla se promener du côté du terrain de basket, où il ne croisa personne. Jusqu'à ce qu'une femme rondelette, au visage anguleux et au maquillage excessif, l'interpelle sans amabilité.

– C'est vous, le nouveau ?

Antoine reconnut, en retrait, la femme de Fabrice qui l'accompagnait.

– Lc nouvcau quoi ?

– Le nouveau du quartier, celui qui habite chez les Pinel ?

– Alors ce n'est pas moi.

La quadragénaire douta subitement, se tourna vers celle qui devait être sa mère ou sa belle-mère, puis revint à la charge.

– Vous n'habitez pas chez les Pinel ?

– Non. J'ai ma propre maison.

– Ne jouez pas sur les mots, vous l'avez achetée aux Pinel ! De toute façon, je suis sûre que c'est vous !

– Admettons. Qu'est-ce qui vous amène ?

– Votre idée tordue de faire jouer mon père au basket ! Il a soixante-douze ans, je vous signale ! Ce matin, il ne pouvait plus marcher et c'est tout juste s'il a pu sortir de son lit ! C'est quoi, votre but ? Qu'il fasse un infarctus ? Les autres, c'est pareil, ils n'ont plus l'âge de s'exciter autour d'un ballon !

— J'imagine que vous ne venez pas au match ?

— Au match ? Quel match ?

Il avait posé la question par provocation et s'apprêtait à être un peu plus énervant encore, lorsqu'il vit la femme de Fabrice secouer discrètement la tête pour le dissuader d'en dire plus.

— Des jeunes de Jarlieu doivent venir jouer ici. Vous n'êtes pas sportive, ça ne va pas vous intéresser.

— Ce n'est pas la question ! Je suis venue vous dire de ne pas mettre dans la tête de mon père vos idées à la noix ! Est-ce que c'est clair ?

Antoine avait sous la main une bonne dizaine d'arguments à lui opposer, mais, par respect pour Fabrice et sa femme, il se contenta d'acquiescer. À quarante ans, cette femme était déjà vieille dans sa tête et c'était une perte de temps que d'essayer de lui montrer à quel point elle se trompait. Convaincue d'avoir rempli son rôle de fille aimante, elle reprit son chemin après un « bonsoir » aussi rêche que du papier de verre. La femme de Fabrice fit alors un écart pour s'approcher et lui chuchoter une autre version des faits.

— Ce ne sont que des courbatures et elles n'ont rien à voir avec le basket. Merci, Antoine, pour tout ce que vous faites !

Le sourire malicieux qui illuminait son visage était sans équivoque et Antoine regretta qu'elle n'ait pas eu le cran de faire ces révélations devant sa belle-fille. Finalement, la légèreté avec laquelle Louise avait parlé de sexualité était tout ce qu'il y avait de plus sain. Elle n'en faisait pas tout un plat et la remettait à la place qui était la sienne, un acte d'amour qui reliait deux êtres humains.

L'après-midi était bien avancé et Woopie commençait à se lasser de courir après les feuilles qui tombaient des arbres. Antoine hésita à passer voir Joachim à l'épicerie ou Suzie à la brasserie. Il songea aussi à aller sonner chez Faustine, lui dire qu'il avait bien réfléchi, qu'il voulait passer ses dernières années avec elle, que les sentiments qu'il éprouvait étaient sincères et n'avaient rien à voir avec sa quête de rédemption. À cet instant, pourtant, il n'était plus sûr de rien et préféra rentrer. De nouveau, il n'avait envie de voir personne, comme si la vie d'avant le rattrapait.

17.

C'est en arrivant devant chez lui qu'il la vit. Elle avait mis une jolie robe et s'était maquillée, mais au premier coup d'œil, il devina l'embarras qu'elle tentait de masquer. Il s'avança jusqu'au perron où elle attendait, et la salua.

– Bonjour, Faustine.

– Bonjour. J'ai essayé de t'appeler avant de passer. Avant de me rappeler que tu ne consultais pas souvent ton téléphone.

– Entre, l'invita-t-il en ouvrant sa porte. Tout va bien ?

– Presque.

Il eut envie de répondre que ça n'existait pas, « presque », comme avait dit Louise un peu plus tôt, mais il lui manquait l'insouciance de l'adolescente. Faustine n'était pas là par hasard. Les minutes qui suivraient allaient être décisives. Il referma la porte et la suivit dans le salon où elle resta debout, de plus en plus mal à l'aise.

– C'est aussi sérieux que ça ?

— Je ne croyais pas que ça pouvait l'être, mais oui. Suffisamment pour m'empêcher de penser à autre chose.

— Je t'écoute.

Les yeux de Faustine brillaient d'émotion et ses mains n'en finissaient plus de se contracter. Elle avait longuement réfléchi à ce qu'elle devait dire et s'était fait violence pour venir. Avant qu'elle n'en ait plus la force ou qu'elle se sente ridicule, elle lâcha les premiers mots, en espérant que le reste allait suivre.

— C'est à propos d'hier soir, quand tu m'as raccompagnée. J'ai dit que je ne voulais pas faire partie de ton entreprise de rédemption, c'était idiot et prétentieux.

— C'est déjà oublié, mentit-il.

— Pas pour moi. J'avais la trouille et je l'ai toujours. La trouille d'aimer à nouveau, de montrer tout ce que je garde pour moi depuis des années, la trouille d'avoir à m'inquiéter pour quelqu'un d'autre. Ce serait plus facile de rester comme je suis, avec mes petites habitudes de veuve retraitée, seulement je sens bien que c'est impossible. Je l'ai su dès le premier jour. Au moment où tu es apparu dans la rue, devant chez moi, j'ai compris que quelque chose était en train de basculer. Je suis venue te dire que je suis amoureuse de toi comme une gamine et que je n'arrive pas à imaginer une journée sans toi. J'ai mis ma plus belle robe et j'ai passé une heure à me maquiller pour que tu n'aies pas le choix. En réalité, tu l'as. Mais, avant de te décider, je préférerais que tu saches que je ne pourrai pas faire mieux.

Elle triturait toujours ses mains, mais la première étape était franchie. L'autre, qu'elle attendait en tâchant de contrôler au mieux les battements de son cœur, ne dépendait pas d'elle.

— C'est beaucoup plus que je ne mérite, dit Antoine en comblant les deux mètres qui les séparaient. Je ne sais pas quoi dire.

— « Je t'aime, Faustine » serait pas mal.

C'étaient effectivement les seuls mots qui valaient.

— Je t'aime, Faustine, murmura-t-il avant de l'embrasser.

Ils restèrent longtemps ainsi, incrédules. Ni l'un ni l'autre, quelques semaines auparavant, ne se seraient imaginé vivre de telles émotions. Lorsqu'elle reprit ses esprits, Faustine s'écarta pour le regarder dans les yeux. Elle se fit de nouveau violence pour oser aborder le sujet.

— Si on monte dans ta chambre, je pense que, cette fois, il est trop tôt pour qu'on s'endorme.

— Vraiment ?

— Sauf si tu as toujours mal.

— Je n'ai mal nulle part.

— Alors, je vous suis, monsieur.

C'était inattendu et, comme pour tout ce qui l'était, il ne fallait plus réfléchir. Ils en avaient envie, c'était tout ce qui comptait. Leurs corps avaient perdu de leur tonicité et subi la loi de la pesanteur. Ils commencèrent à se déshabiller et chacun pensa d'abord à tourner pudiquement la tête, mais ils se surprirent à assumer de se trouver nus l'un en face de l'autre. Les bouches étaient sèches et les mains tremblantes, mais dès qu'ils s'allongèrent sur le lit défait, chacun retrouva les gestes qui menaient au plaisir. Rapidement, les baisers et les caresses s'enflammèrent et toute pudeur s'évanouit. L'âge n'existait plus, ils étaient un couple comme des millions d'autres, heureux de se donner l'un à l'autre. S'ils avaient secrètement craint la trahison de leur corps, ils furent vite rassurés et prirent le temps de profiter de leur peau, des éclairs fiévreux qui traversaient leurs regards, de l'excitation qu'ils contrôlaient pour prolonger le plaisir.

Il leur fallut du tcmps, après s'être abandonnés, pour prendre la mesure de ce qu'il venait de se passer. Contrairement à ce qu'ils avaient pensé, il avait été facile de s'aimer. Ils avaient laissé faire leurs mains, leur bouche et leur corps tout entier.

— Je pensais en avoir fini avec le sexe, avoua Faustine. Je m'étais même convaincue que c'était mieux comme ça.

— Je crois qu'on n'est pas les seuls. Tout à l'heure, la femme de Fabrice m'a fait comprendre qu'ils s'y étaient remis.

— Sylvie ? Il n'y a pas plus prude qu'elle !

— Elle cache bien son jeu.

Faustine remonta les draps, non par pudeur, mais parce qu'elle avait froid. La main dans celle d'Antoine, elle fixa du regard le plafond sans le voir, profitant encore un peu de ces instants de béatitude que seul le plaisir physique savait procurer. Chacun respectait les pensées vagabondes de l'autre, peu désireux de quitter les lieux et de reprendre le fil de la journée.

— Comment fait-on maintenant ? demanda Antoine en se tournant vers Faustine.

— Comment fait-on quoi ?

— Est-ce qu'on officialise ? Est-ce qu'on se promène main dans la main ? Ou on attend la soirée de vendredi ?

Avant même qu'il termine sa phrase, elle se mit à rire.

— Parce que tu crois qu'ils ne sont pas déjà au courant ? Tout se sait dans l'heure, ici. Rappelle-toi le matin où tu es arrivé ! Le camion de déménagement n'était pas encore là, tu avais déjà un comité d'accueil !

Il avait oublié cet épisode et se remémora ce jour où il avait débarqué en terre inconnue. C'était la meilleure décision qu'il avait prise, il en était sûr désormais. Il voulut demander à Faustine ce qu'elle allait dire à ses enfants, à ce fils qui la poussait à vendre sa maison, avant d'estimer que ce n'était pas le moment. Il craignait aussi qu'elle ne lui retourne la question. Il avait besoin de temps avant de livrer ce qu'il n'avait pas encore dit.

— Tu mettras ton beau costume en tweed vendredi soir ?

— J'en ai deux : un vert d'eau, un autre parme.

— Le parme ira très bien avec ton œil violet.

— D'ici à vendredi, il aura peut-être changé de couleur.

— Je le maquillerai pour qu'il soit assorti. Les copines vont être jalouses et on se battra pour toi !

— Je croyais que tu avais horreur de la violence ?

– Je croyais aussi que je ne referais jamais l'amour, dit-elle en se hissant jusqu'à lui pour l'embrasser.

Faustine ne s'était pas trompée, tout le quartier savait qu'ils avaient passé la nuit ensemble. Sur les visages de ceux qu'ils croisaient dans la rue, Antoine lisait des sourires de connivence. Il fut plus étonné de voir Maurice venir lui demander conseil. Était-ce sa façon de s'habiller, son pick-up des années 1950 ou son côté bagarreur qui avait plu à Faustine ? Lui n'avait pas digéré son échec avec sa banquière et admettait que ça avait joué lorsqu'un représentant de Delannoy était venu lui proposer le rachat de sa maison. Il n'en pouvait plus de vivre seul, les journées duraient des siècles. Antoine ne se sentait pas légitime pour lui donner des conseils, mais lui suggéra de continuer à sortir, de s'ouvrir aux gens, de ne jamais renoncer, comme il l'avait dit à Louise. Il n'y avait pas de limites, mais seulement des obstacles – une phrase glanée dans une campagne publicitaire ou dans l'interview d'un vieux réalisateur de cinéma. Ce n'était pas grand-chose, mais cela suffit à remonter le moral de Maurice, au moins pour la journée.

En fin d'après-midi, Antoine passa voir à quoi ressemblait la brasserie après les travaux. Il n'y avait pas mis les pieds depuis la fois où, avec Suzie, ils avaient descendu une bouteille de génépi en regardant les photos des fêtes d'antan. Dès qu'il poussa la porte, il sentit l'odeur du bois qu'on avait poncé. Plus rien n'était comme avant. L'épais rideau avait disparu et chaque latte de parquet avait été nourrie à l'huile de lin. L'endroit paraissait immense et lumineux. Le soubassement du bar avait été repeint et le zinc était immaculé. Derrière son comptoir, Suzie avait rajeuni de dix ans.

— Vous avez fait un sacré boulot ! admit Antoine.

— Grâce à qui ?

— Grâce à vous et à toutes celles qui vous ont donné un coup de main. Je ne pensais pas que vous en feriez autant en si peu de temps.

— Moi non plus. Tout le monde s'y est mis sans jamais rechigner, parfois pendant des journées entières. Vaudrait mieux que l'Urssaf mette pas son nez là-dedans, ils ne comprendraient pas que ça m'ait rien coûté.

Dans la salle de danse, plusieurs fauteuils et canapés, chinés dans les greniers, avaient été installés. Les couleurs, parfois criardes, n'allaient pas toutes ensemble, mais donnaient un charme désuet, très années 1970.

— Ça tombe bien que vous soyez là. Au début, je voulais préparer des invitations personnalisées, mais je vais faire comme dans le temps. Ma porte est ouverte à qui veut entrer, pas besoin de carton, on n'est pas à Cannes ! Évidemment, je compte sur vous !

— Je viendrai avec plaisir.

— On mange, et on danse pour ceux qui veulent ou qui peuvent encore. Vu comme les filles sont excitées, il va y avoir du monde sur la piste !

Suzie s'arrêta un instant pour contempler sa nouvelle salle, comme elle le faisait dix fois par jour avec la même émotion.

— Je ne suis pas la seule à le dire, mais c'est grâce à vous, tout ça. Vous êtes ce qui est arrivé de mieux à Saint-Ambroise. Si vous continuez comme ça, il faudra vous ériger une statue !

Le compliment le toucha, surtout venant de Suzie qu'il aimait particulièrement.

— Vous n'allez pas jouer au basket, par hasard ? demanda-t-elle.

— Non, je laisse ça aux professionnels.

— Vous avez raison, vous profiterez mieux du spectacle sur les gradins !

18.

La fête du 29 septembre renaissait de ses cendres. Dans les regards se mêlaient la fierté et l'excitation de renouer avec la tradition. Ils étaient une cinquantaine à s'être massés autour du terrain de basket en attendant le coup d'envoi du match. On n'avait pas vu autant de monde depuis des années et chacun prenait plaisir à converser avec ses voisins et à se rappeler le bon vieux temps.

Antoine se préparait à rejoindre le public, mais ne pouvait s'empêcher de penser que les nuages étaient toujours là. Faustine avait dormi chez lui, ils avaient déjeuné ensemble, flâné l'après-midi dans le jardin, elle était partie une heure plus tôt aider aux derniers préparatifs à la brasserie et il était convenu qu'ils se retrouvent pour le match. Pourtant, quelque chose clochait. Ça n'avait pas de sens, elle l'avait quitté en l'embrassant, les yeux brillants d'amour.

En sortant de sa maison, il envisagea de passer chez Faustine pour s'assurer que tout allait bien, mais préféra ne pas céder à cette voix intérieure. Sur le trottoir en face, il aperçut les trois commerciaux de Delannoy.

Il reconnut Gabriel, au milieu, et se sentit soudain gêné. Il fut surpris de le voir traverser la rue pour venir à sa rencontre. Avant qu'il ait eu le temps de réagir, une main chaleureuse se tendait vers lui.

– Monsieur Lagadec ! Vous allez bien ?

Machinalement, il offrit la sienne tout en restant sur ses gardes, tandis que Gabriel vérifiait que ses collègues continuaient leur chemin.

– J'ai réfléchi à ce que vous m'avez dit l'autre jour. Je suis parti un peu vite parce que, sur le moment, je vous avoue que ça m'a énervé.

– Je suis désolé, je ne…

Gabriel secoua la tête pour signifier qu'il n'y avait pas de quoi et poursuivit sans le laisser finir sa phrase.

– Je me suis senti déstabilisé parce que vous avez tenu le même discours que mon père. Il n'arrête pas de me dire que je n'aurais pas dû quitter la menuiserie. Je ne suis pas le seul que vous ayez envoyé dans les cordes, d'ailleurs ! J'ai appris ce que vous aviez fait avec les voyous qui traînaient dans le coin. Bravo !

Antoine n'écoutait plus vraiment, perturbé par le visage du commercial auquel se superposait, dans son esprit, celui de Simon.

– Je vous laisse. Je vous souhaite un bon week-end !

La rencontre avait duré moins d'une minute et Antoine crut l'avoir rêvée. Il se repassa la scène en mémoire et vérifia que Gabriel, un peu plus loin, rejoignait bien ses collègues. Il était encore en train de s'interroger lorsqu'une sonnette de vélo retentit à quelques mètres.

— Coucou ! Vous allez bien ?

Louise, comme toujours, tombait à pic.

— Très bien ! Et toi ?

Elle en douta un instant, chercha ce qui avait pu le contrarier avant de laisser tomber.

— J'ai trouvé le truc qui peut me distinguer des autres pour Eisenberg !

— Bonne nouvelle ! Je t'écoute.

— Vous allez au match ? J'ai vu que ça allait commencer, il y a un tas de monde !

— Accompagne-moi, tu me raconteras ça en chemin.

Louise fit demi-tour pour rouler au pas à côté de lui. Elle semblait survoltée, mais fit en sorte de ménager le suspense.

— D'abord, je vous explique comment j'en suis arrivée à la conclusion que ça ne pouvait être que ça. J'ai commencé par faire un classement de ce que j'aimais le plus dans la photo, en prenant plusieurs critères pour être sûre de ne pas me tromper : le figuratif plus que l'artistique, la lumière naturelle, la couleur plutôt que le noir et blanc, et le vivant plutôt que l'inerte. J'aime aussi le travail sur l'eau, la pluie sur les vitres et les reflets dans les flaques, mais je garde ça pour plus tard. Après, j'ai mélangé tout ce que j'avais trouvé et ça a été le flou total ! Alors je me suis allongée sur mon lit et j'ai fermé les yeux. Et là, en une minute, je me suis vue dans dix ans, en train de photographier des animaux : des oiseaux, des araignées, des abeilles, des lézards, des chats, des chiens… Je ne saurais pas vous expliquer pourquoi, mais j'ai l'impression de communiquer avec eux quand je les vois dans l'objectif. Et c'est là qu'a jailli l'idée ! Sur le moment, je me suis dit que c'était dingue, mais j'ai pensé à vous : ce n'est pas parce que ça paraît impossible qu'il ne faut pas essayer ! Vous y croyez toujours ?

— Bien sûr !

— Alors je dois essayer.

— Essayer quoi ? Tu n'as toujours rien dit.

— Les lynx. Il y en a deux cents dans le Jura et c'est à moins de deux heures d'ici. C'est pas un signe, ça ? Bon, je ne sais pas comment ni quand je peux y aller, mais ça reste des détails. En plus, dans trois semaines, je serai en vacances.

C'était ce qu'il aimait chez cette adolescente, cette vie qui pétillait, la légèreté, l'innocence qui la rendaient drôle et attachante.

— Vous faites quelque chose à la Toussaint ?

Un sourire malicieux illuminait son visage. Elle tentait le coup parce qu'il lui avait appris à n'avoir peur de rien.

— C'est loin, dans trois semaines, répondit-il. Mais si, d'ici là, tu n'as trouvé personne, je t'y amènerai.

Elle lui aurait sauté au cou si elle n'avait pas été à vélo et dut se contenter d'un « oh, putain, dément ! » tout droit sorti du cœur. Ils arrivaient à l'angle de la rue du 29-Septembre où, du terrain de basket, s'élevaient déjà les premières clameurs. Le match venait de commencer et aucune équipe n'avait ouvert le score.

— J'y vais, j'ai promis à Suzie de faire des photos des joueurs.

Antoine la laissa filer et tâcha de repérer Faustine parmi les spectateurs. La plupart étaient assis sur les gradins et il ne voyait que leurs dos. Aucun ne correspondait à celui qu'il cherchait. La crainte ressentie en sortant de chez lui réapparut. Puis, il la vit, assise au bout des gradins. Il était prêt à admettre qu'il s'était trompé, mais il comprit d'un coup d'œil que quelque chose n'allait pas. Faustine regardait le match sans le voir, l'esprit ailleurs.

— Tu me fais une place ? dit-il en arrivant à sa hauteur.

Elle se décala pour le laisser s'asseoir et fit ce qu'elle put pour effacer la gravité de son sourire. En vain.

— Tu me racontes ? Pas le match, le reste.

Sur le terrain, un des jeunes venait de commettre une faute et de concéder deux lancers francs. Clément se concentrait sur sa ligne de tir en faisant rebondir le ballon un nombre incalculable de fois. Dans les gradins, le public retenait son souffle.

— Tu ne peux pas dormir à la maison ce soir.

Était-ce le plaisir de retrouver sa jeunesse ? Clément réussit le premier lancer de façon indiscutable, soulevant une vague d'acclamations. On lui rendit le ballon et le silence se fit de nouveau.

— Il s'est passé quelque chose ?

Quand le ballon quitta les mains de Clément, tout le monde sut qu'il prenait le même chemin. À peine le cercle de métal franchi, cinquante supporters se levèrent pour acclamer le champion.

— Mon fils s'est invité avec mes deux petits-enfants.

Faustine continuait de regarder devant elle. Pour l'instant, elle n'avait pas la force de se tourner vers lui.

— J'imagine qu'il n'est pas question non plus que tu viennes chez moi ?

Sur le terrain, le plus grand des jeunes venait de dribbler deux joueurs et s'apprêtait à sauter pour claquer un panier, mais le ballon lui échappa. Francis s'en saisit et l'envoya droit devant lui, vers un Fabrice visiblement bien remis de ses courbatures. Au lieu de défendre leur camp avec ardeur, les deux adversaires qu'il trouva face à lui se contentèrent d'écarter les bras mollement. L'un d'eux sourit même en le voyant shooter d'aussi loin, mais déchanta vite : le ballon fila droit au milieu du panier, offrant trois points de plus à Saint-Ambroise. Une clameur à vriller les tympans s'éleva de nouveau des gradins.

— Les gars, on joue pas au rami avec papi et mamie, là ! On est venus pour gagner, s'énerva le capitaine des jeunes.

Faustine gardait le silence et Antoine comprit qu'il ne servait à rien d'insister. Il aurait pu dire que ça n'était pas grave, que ce n'était que partie remise, mais l'énergie lui manquait. Elle n'avait pas su s'imposer devant son fils, lui dire qu'elle n'avait pas de comptes à lui rendre. Antoine devinait ce qu'il s'était passé. Lucas, l'aîné, avait dû débarquer à l'improviste, prétextant la fête du 29 septembre dont il avait entendu parler d'une façon ou d'une autre. En arrivant avec ses deux enfants, il n'avait pas laissé le choix à sa mère, qui n'avait pu faire autrement que de les inviter à dormir. Elle les aimait tous beaucoup, mais la méthode avait du mal à passer. Antoine se souvenait du regard que lui avait lancé l'aîné des deux garçons : chaque fois l'animosité avait été évidente.

— Je vais aller promener Woopie, dit-il en se levant. Je reviendrai pour la fin du match.

À peine fit-il un mouvement qu'elle posa une main nerveuse sur sa cuisse. Quand elle tourna la tête vers lui, il lut toute la détresse dans ses yeux.

— Je suis désolée, dit-elle en retenant ses larmes.

— Tu n'as pas à l'être. Je suis sûr que tu as fait ce que tu as pu.

Elle essaya de sourire, mais c'était impossible. Pas à cet instant où elle devait laisser partir l'homme dont elle était tombée amoureuse.

Sur le terrain, Clément et les siens continuaient de creuser leur avantage. Ils n'avaient pas terminé le premier quart-temps qu'ils menaient déjà douze points à deux. Même Martine, Claire et Anita ne comprenaient pas ce qu'il se passait. À croire qu'ils vivaient un moment de grâce et étaient devenus intouchables.

Antoine quitta discrètement la foule et s'éloigna. En faisant le tour du quartier devenu silencieux, il eut l'impression d'être seul au monde. Les rues étaient désertes – Joachim avait fermé son épicerie et Suzie sa brasserie pour assister au match –, les commerciaux de Delannoy étaient rentrés chez eux et plus aucun voyou ne traînait dans les parages. Même Charles, l'éternel bougon, avait rejoint les spectateurs. Saint-Ambroise ressoudait des liens trop longtemps négligés et Antoine sentit à cet instant qu'il ne faisait pas réellement partie de la famille. Il était là depuis moins de deux mois alors qu'elle était née cinquante ans plus tôt.

Arrivé devant chez lui, il sut qu'il ne retournerait pas voir la fin du match ; il ne connaissait rien au basket et ne voulait pas embarrasser Faustine davantage. Ils se retrouveraient à 20 heures pour l'inauguration de la brasserie, elle dans une jolie robe à fleurs, lui dans son costume en tweed couleur parme, comme promis.

Il alla se servir un verre d'eau à la cuisine, s'arrêta devant la colonne du four et repensa au portable qu'il avait remisé au garage. Sans trop savoir pourquoi, il ressentit le besoin d'aller voir si Léa avait laissé de nouveaux messages.

Contrairement à ce qu'il avait pensé, l'appareil n'était pas déchargé. Il entra son code et eut à peine le temps de sortir du garage qu'une notification arriva. Léa avait laissé un SMS lapidaire : « Je serai chez toi samedi à 14 heures. 63, rue des Lupins à Jarlieu. »

Elle avait fini par trouver son adresse. En d'autres circonstances, la nouvelle lui aurait fait un choc, mais depuis la veille, une petite voix avertissait Antoine que quelque chose se tramait. Il y avait aussi eu cet accroc dans son histoire avec Faustine. C'était forcément un signe, comme l'était cette fête du 29 septembre. Au lieu de s'effondrer, il sourit, convaincu que sa fuite en avant n'avait fait que retarder l'échéance. Il ne lui restait plus qu'à faire ce qu'il avait décidé des semaines auparavant.

19.

Finalement, les pronostics des femmes s'étaient révélés justes : Clément et les siens avaient fait illusion un quart-temps avant de se faire laminer, le score de quatre-vingt-douze à dix-sept entrant directement dans la case « raclée ». Comme convenu, les jeunes pouvaient utiliser le terrain, à condition de respecter les règles de bonne conduite. Ils étaient conviés à la soirée chez Suzie, mais avaient tous décliné l'invitation, pas chauds pour venir danser la valse ou le tango.

En poussant la porte de la brasserie, Antoine n'entendit ni l'un ni l'autre, mais un air d'Isaac Hayes qui le ramena immédiatement dans les années 1970. Les jeunes s'étaient trompés d'une génération. Saint-Ambroise ne s'était pas construit en écoutant Édith Piaf ou Maurice Chevalier, mais plutôt les Bee Gees, ABBA ou les Temptations.

De longues tables pouvant accueillir quatre-vingts personnes avaient été installées en U dans la partie brasserie. On allait y servir un bœuf bourguignon, mais entre-temps on refaisait le match en trinquant autour du kir traditionnel. Antoine repéra Louise, qui photographiait discrètement les uns et les autres sans qu'ils aient besoin de poser. Puis il vit Faustine, en compagnie de son fils aîné et de ses deux petits-enfants, à l'autre bout de la salle. Il hésita à aller les rejoindre. Peut-être valait-il mieux que la décision vienne d'elle. Un couteau tinta alors plusieurs fois sur un verre, incitant les convives à se tourner vers Suzie.

— Les amis, dit-elle en se dirigeant vers Antoine, avant de célébrer officiellement cet anniversaire, j'aimerais vous présenter celui sans qui nous ne serions pas là ce soir. La plupart d'entre vous le connaissent, certains en ont seulement entendu parler. Quand il a emménagé à Saint-Ambroise, on s'est tous demandé qui il était et ce qu'il venait faire chez nous. On a parlé sans savoir et on s'est beaucoup trompés. Il est désormais temps de rendre hommage au héros qui nous a débarrassés de nos voyous, à l'homme qui nous a donné à tous un coup de fouet et, à titre personnel, à celui qui m'a poussée à rénover cet endroit pour qu'on puisse renouer avec la tradition ! Je vous prie de faire une ovation à notre ami à tous : Monsieur Antoine !

Des applaudissements et des cris s'élevèrent de toutes parts. Antoine éprouva une sensation qu'il n'avait jamais connue et qui lui fit chaud au cœur. Au milieu des applaudissements, une voix réclama un discours, auquel il se prêta volontiers. Lui aussi avait besoin de remercier ces gens qui, sans le savoir, lui avaient permis d'être quelqu'un de meilleur. Il complimenta ceux et celles qui avaient trouvé l'énergie pour jouer à nouveau au basket, refaire du vélo, entreprendre les travaux de rénovation de la brasserie, et tous les autres qui avaient répondu présent pour cette soirée, symbole du renouveau de Saint-Ambroise. Si le quartier était en train de revivre, c'était avant tout grâce à ses habitants. Il leur souhaita de longues années de jeu, de fêtes et de projets qui demandaient seulement à éclore. Cette soirée en était le point de départ, il était fier d'y avoir été invité.

De nouveaux applaudissements retentirent pendant lesquels il croisa les regards de Clément, de Maurice, de Joachim, de Martine et de dizaines d'autres qu'il ne connaissait que de vue. Lorsqu'il croisa celui de Faustine, il ne s'y attarda pas, pas plus que sur celui de son fils, qui cachait mal son ironie. Il aperçut Charles, qui avait finalement capitulé dans la petite guerre que lui et sa femme se livraient. Puis Louise, tout aussi émue que lui. Il aurait pu la nommer dans ses remerciements, mais il avait préféré garder leur complicité secrète.

Si aucun plan de table n'avait été établi, Antoine eut l'impression qu'au moins vingt personnes savaient exactement où se placer. Il se trouva immédiatement entouré de Suzie et de Martine, tandis qu'en face Jérôme et Maurice s'asseyaient de part et d'autre de Faustine. Toutes les places à proximité furent aussitôt prises d'assaut, reléguant Lucas et ses enfants trop loin pour qu'ils puissent se mêler à la conversation.

— Au moins, pendant le repas, vous serez tranquilles, chuchota Suzie à l'oreille d'Antoine. Vous le gardez pour vous, mais je n'ai jamais apprécié ce gosse.

Le plan, élaboré en secret, avait été parfaitement exécuté et prouvait une nouvelle fois que tout se savait à Saint-Ambroise.

— Vous êtes redoutables, complimenta Antoine.

— On a toujours su se serrer les coudes, c'est ce qui fait notre force.

Le bourguignon, accompagné des meilleurs vins que chacun avait sortis de sa cave, était à la hauteur de l'événement. Autour des tables, on parlait fort, on riait souvent, on rappelait les anecdotes qui avaient fait la légende du quartier, un plaisir qui décida peu à peu ceux qui venaient de céder à Delannoy, Maurice le premier, à user de leur droit de rétractation. Même Victor et sa femme, qui avaient signé deux mois plus tôt, envisageaient finalement de rester. La maison qu'ils avaient vendue au promoteur était de toute façon trop grande pour eux, mais deux autres étaient en vente sur Leboncoin, dont une de plain-pied qui pouvait leur convenir.

L'ambiance ne faiblissait pas. Les joues avaient rougi et quelques bouches étaient devenues pâteuses, mais on continuait à faire honneur aux vins de la région. Antoine écoutait les histoires des uns et des autres et riait avec eux ; il n'avait échangé avec Faustine que des banalités, mais ils rompraient cet accord tacite dès qu'ils pourraient profiter d'un peu d'intimité. De son côté, Louise allait toujours aussi discrètement d'une tablée à l'autre, prenant des centaines de photos qu'elle avait hâte de regarder sur un écran d'ordinateur.

Vint enfin l'heure de se déhancher dans la salle rénovée. Les filles avaient préparé des playlists comme le faisaient les jeunes et furent les premières à se présenter sur la piste de danse. La lumière baissa, les spots et les boules à facettes se mirent à tourner, tandis que les enceintes neuves diffusaient des morceaux promus au rang d'indémodables, de Mungo Jerry à George Harrison, d'Aretha Franklin à Tom Jones, des airs qui traversaient toutes les générations. À la grande surprise de Suzie, plus des trois quarts des convives se levèrent. Ils n'avaient pas dansé depuis des années, mais les corps en avaient gardé la mémoire et se dérouillèrent rapidement. Si Antoine mit plus de temps à se décider, il ne se fit pas prier quand Anita l'invita au son de Boney M. entonnant *Daddy Cool*. Puis ce fut au tour de Faustine de se rapprocher de lui. Quant à Lucas, il regardait de loin sans oser se mêler aux danseurs.

— Je suis désolée, s'excusa Faustine. Je ne voulais pas que ça se passe comme ça.

— Tu n'y es pour rien. Et ce soir, on profite de la fête !

C'était un demi-mensonge, dit avec suffisamment d'assurance pour qu'elle n'en doute pas.

Des musiques rythmées s'enchaînaient sans que la piste désemplisse. On faisait des pauses pour souffler ou se réhydrater, mais on retournait vite s'amuser comme à vingt ans. Lors d'un de ces arrêts au zinc de la brasserie, Antoine eut affaire à Lucas.

– Alors, c'est vous, le héros de Saint-Ambroise ? On pourrait dire le « messie » tellement vous avez transformé les gens d'ici.

Le ton était donné. Pas de round d'observation, tout de suite le sarcasme.

– Échange de bons procédés. « Les gens d'ici », comme vous les appelez, ont aussi fait de moi quelqu'un de différent.

– Vraiment ? Quel genre d'homme étiez-vous avant ?

– Le genre dont personne ne parle, qu'on n'invite pas aux soirées et dont on ne connaît pas le prénom.

– Alors que maintenant c'est Monsieur Antoine !

– Exactement. J'ai pris du galon.

En affichant son plus beau sourire, il fut sûr d'énerver suffisamment son interlocuteur pour le pousser à cracher ce qu'il avait sur le cœur.

– Ma mère a pas mal changé ces derniers temps. Je ne comprenais pas pourquoi, jusqu'à ce qu'elle me parle de vous.

– Votre mère est une femme admirable et très cultivée.

– Et vulnérable. Heureusement, elle peut compter sur ses enfants pour la protéger. Comme je suis celui qui habite le plus près, c'est moi qui m'en occupe.

– Je vous félicite ! Tellement d'enfants lorgnent l'argent de leurs parents et sont prêts à tout pour hériter.

La mâchoire de Lucas se crispa et son visage perdit de ses couleurs. Antoine lui renvoyait toujours le même sourire, face auquel il se trouvait désarmé. La musique venait de changer. Pour l'agacer un peu plus, il saisit l'occasion servie sur un plateau.

— Ah ! un slow ! Vous ne voyez pas d'inconvénient à ce que j'invite votre maman ? Non, bien sûr, vous veillez !

Lucas n'eut pas le temps de répondre. Déjà Antoine fendait la masse compacte des couples qui s'enlaçaient. Il trouva Faustine qui l'attendait.

— Tu as fait la connaissance de mon fils ?

— Un garçon charmant. J'aurais aimé bavarder plus longtemps, mais le devoir m'appelait.

Antoine sentit qu'elle était toujours soucieuse, malgré son sourire. Son fils lui gâchait la fête sans même s'en rendre compte. Suzie avait raconté un jour que Faustine ne savait pas gérer les conflits et que son mari n'était plus là pour le faire à sa place. Lucas avait raison, sa mère était vulnérable, mais c'était lui le prédateur.

— Il t'a reparlé de vendre ta maison ?

— Ça revient dans toutes les conversations.

Antoine la serra un peu plus fort et posa ses lèvres sur son front, se moquant que son fils les voie ou pas.

— On va trouver une solution.

Hotel California durait plus de six minutes et il était temps d'en profiter. Des milliers de couples s'étaient formés sur cette chanson mythique. Cinquante ans après sa création, à voir Maurice et Anita enlacés, elle faisait toujours son effet.

Minuit approchait et la piste de danse ne désemplissait pas. Les pauses sur les canapés étaient plus longues, mais tous y revenaient, trop heureux de célébrer cette fête. Pour qu'elle soit complète, un gâteau attendait côté brasserie. Suzie avait fait les choses en grand : elle avait commandé une pièce montée de quatre étages, sur laquelle trônait un « 1972 » scintillant pour rappeler le premier anniversaire de Saint-Ambroise. Les deux premiers étages furent très vite engloutis. Les plus gourmands traînaient autour tandis que les autres retournaient déjà danser. C'est le moment qu'Antoine choisit pour prévenir Faustine qu'il rentrait.

– Déjà ? s'étonna-t-elle sans dissimuler sa déception.

– J'ai passé une excellente soirée et je voudrais me lever tôt demain.

Elle s'apprêtait à lui demander pour quelle raison, lorsqu'elle sentit la présence de ses petits-enfants dans son dos. Lucas n'était pas loin et il était probable qu'il les avait envoyés dans le seul but de perturber leur conversation. Ce n'était pas la meilleure façon de se quitter, mais Antoine lui dit « au revoir » et s'éloigna. Il fit de même avec Suzie, la remercia chaleureusement, avant de faire le tour de tous ceux avec qui il avait noué des liens. Puis il alla trouver Louise pour lui proposer de rentrer avec lui. Elle avait largement rempli sa mission et personne ne lui en voudrait.

— Ça fait longtemps que Suzie m'a dit que je pouvais y aller, mais je vous attendais. J'ai bien cru qu'on était partis pour une nuit blanche !

Antoine apprécia l'attention et patienta, le temps que Louise récupère ses affaires et prenne congé à son tour. Avant de quitter la brasserie, il s'attarda sur les deux salles, emportant avec lui des images de fête et de gens heureux.

Dehors, le ciel s'était couvert et un vent léger soufflait dans la rue silencieuse. Louise roulait à vélo sur le bord de la route, satisfaite de sa première expérience professionnelle. Elle ne l'avait pas montré, mais elle avait eu peur de ne pas être à la hauteur.

— Tes parents savent que tu es là, au fait ?

— Ma mère passe la nuit à Lyon, chez ma sœur, et mon père est de garde. J'ai quartier libre jusqu'à demain.

Antoine hocha la tête, admiratif de la simplicité avec laquelle elle abordait la vie. Leur rencontre n'avait tenu qu'au hasard et il était certainement le plus chanceux des deux.

— J'ai repensé à ton projet pour Eisenberg. Les lynx, c'est très bien, mais la Toussaint me paraît beaucoup trop loin.

— Si ça ne tenait qu'à moi, j'y serais déjà allée ! En plus, à la Toussaint, il fera sûrement un temps pourri.

— Je suis d'accord. C'est pour ça qu'on y va demain.

— Vous êtes sérieux ?

— Pourquoi, tu as mieux à faire ?

Louise ne répondit pas tout de suite et continua de rouler, le temps de se convaincre qu'il ne plaisantait pas. Dès qu'elle en fut sûre, elle exulta.

— On y va en pick-up ?

— En pick-up et avec Woopie, ça lui fera du bien de gambader. On t'accompagne tant qu'on peut et on te laisse trouver tes lynx.

— Vous êtes au courant qu'ils sont hyper-sauvages et que j'ai une chance sur cent de tomber dessus ?

— Il y a quinze jours, quelqu'un a vu un mâle du côté de Giron. C'est à deux heures d'ici.

Malgré la nuit, Antoine vit Louise ouvrir de grands yeux.

— Comment vous savez ça ?

— J'ai cherché sur Internet. Si on part tôt, on peut y passer la journée et rentrer à une heure raisonnable. Qu'est-ce que tu en dis ?

— J'en dis que vous êtes le *king* ! Vous ne voulez pas m'adopter ?

Antoine s'en voulut de ne pas lui dire toute la vérité. Elle n'aurait pas compris et se serait peut-être fâchée. Quoi qu'il en soit, le lendemain, au moment où Léa sonnerait à sa porte, il serait loin. Quant aux jours suivants, il n'aurait plus à s'en soucier.

20.

Il fallait normalement une heure et demie pour rejoindre Giron, un village de l'Ain situé à une vingtaine de kilomètres de la Suisse. En pick-up, une heure de plus était nécessaire. Antoine était passé chercher Louise chez elle à 8 heures. Elle était prête, surexcitée comme jamais, mais également concentrée sur la journée la plus importante de sa vie. Son seul sujet d'inquiétude concernait le temps qui s'était dégradé pendant la nuit. On annonçait des températures plus fraîches et probablement quelques averses, mais rien qui puisse entamer son enthousiasme. En chemin, ils s'étaient arrêtés au magasin Decathlon de Lons-le-Saulnier pour s'équiper de vêtements de pluie, chaussures de randonnée, sacs à dos, gourdes, et de jumelles de qualité professionnelle. Louise avait tiqué sur le prix, une remarque dont Antoine n'avait pas tenu compte. L'argent était fait pour être dépensé, pas pour être emporté dans la tombe. À 10 heures, ils avaient quitté Lons, parés pour l'aventure, des barres protéinées plein les poches, deux sandwichs et deux éclairs au chocolat achetés à la boulangerie dans leurs sacs à dos.

– Il n'y a rien pour recharger les portables dans votre voiture ? demanda Louise alors qu'ils filaient vers la montagne.

– Elle date de 1953, c'est déjà bien qu'il y ait un autoradio ! Pourquoi, le tien est déchargé ?

– À moitié, et la batterie tient à peine la journée. J'ai oublié de le brancher cette nuit.

Antoine n'avait pas pris le sien. Il n'en avait pas besoin là où il allait.

En rentrant de la soirée chez Suzie la veille, il s'était occupé de coucher sur le papier des explications. Cela l'avait entraîné tard dans la nuit, et il s'était réveillé tôt pour se relire. Il avait encore modifié des termes qui lui avaient paru trop évasifs, car il voulait que les choses soient claires, que personne ne se pose plus de questions. Au moment de fermer la porte de sa maison, il avait songé à déposer les clefs dans la boîte aux lettres de Faustine ou à la brasserie. Il s'était ravisé, pensant éveiller leurs soupçons si elles les avaient trouvées trop tôt. Elles n'auraient pas mis longtemps à entrer chez lui et auraient vu les lettres sur la table du salon. Avant de tout mettre en branle pour le retrouver. Ce n'était pas comme ça que cela devait se passer, il avait besoin de prendre de l'avance, et le fait que le portable de Louise n'ait bientôt plus de batterie était d'ailleurs une bonne chose. Finalement, il avait rangé les clefs dans la boîte à gants.

– Et tes photos d'hier soir, tu es contente ?

— Je ne sais pas. Sur mon écran onze pouces, ça donne rien. J'ai tout mis sur une clef USB. On pourra les regarder chez vous, en rentrant ?

Antoine ne répondit pas, le regard attiré par les premiers contreforts des monts du Jura qui s'élevaient droit devant. Le ciel était gris et le vent faisait osciller la cime des arbres. C'était le temps idéal pour partir, plus propice qu'un ciel baigné de soleil. Le billet était un aller simple, mûrement réfléchi. Louise aurait tout le loisir de regarder ses photos sur l'ordinateur qui était désormais le sien.

— Vous avez déjà fait de la rando ?

— Quand j'étais jeune, avec mes parents. J'ai le souvenir d'une cascade derrière laquelle on devait passer. Il y avait de la mousse sur la roche et j'avais peur de tomber dans le torrent qui faisait un vacarme d'enfer.

— Vous aviez quel âge ?

— Six ans, je pense.

— Si vous y repassiez aujourd'hui, vous trouveriez ça hyper-facile. L'année dernière, je suis retournée dans mon école maternelle pour accompagner une copine qui votait. Dans mon souvenir, il y avait un toboggan immense dans la cour. Quand je l'ai revu, il était à peine plus grand que moi !

— Tu as été déçue ?

— Un peu. Je me voyais comme une casse-cou alors qu'en réalité je ne prenais aucun risque.

— Parfois, le temps qui passe a tendance à enjoliver les souvenirs.

En revanche, le temps n'avait pas su rendre moins pénibles les images du passé qui assaillaient Antoine depuis qu'il avait lu le SMS de Léa.

Il était midi quand apparut le panneau indiquant Giron. Il restait à peine dix kilomètres par la D48, une route sinueuse au milieu de la forêt. Woopie, qui avait dormi une partie du voyage, couché aux pieds de Louise, venait de se réveiller et avait grimpé sur la banquette, d'où il jetait des coups d'œil de tous les côtés, excité à l'idée d'aller explorer des terres inconnues. Le pick-up peinait dans les virages en épingle à cheveux, mais continuait à son rythme, pas pressé par le temps. Enfin, ils débouchèrent sur un paysage plus plat et les premières maisons apparurent. Sur le site qu'il avait consulté, Antoine avait lu qu'il fallait se garer au lieu-dit la Croix, qui surplombait le village. Une route bitumée dessinait des lacets sur la pente. Elle semblait peu fréquentée, idéale pour le baptême auquel Antoine avait pensé.

– Tu as déjà pris des cours de conduite ?

– Pourquoi ? Vous voulez que je prenne le volant ? devina-t-elle alors qu'il se garait sur le bas-côté.

– Il n'y a personne et on ne croisera aucun gendarme ici. À toi de voir.

– J'ai fait vingt heures avec un prof. Par contre, les vitesses au volant, je n'ai jamais essayé.

– C'est la même chose. Il y en a trois. Ça couinera peut-être un peu au début, mais tu vas vite sentir comment les passer.

Louise regarda la route qui grimpait. Aucune voiture ne montait ou ne descendait, le risque d'accident était quasi nul.

— D'accord ! Mais vous ne m'engueulez pas si je fais un truc de travers !

— Le seul truc de travers que tu puisses faire, c'est aller dans le décor. Si ça arrive, il sera trop tard pour t'engueuler.

— C'est chouette, vous savez mettre en confiance !

Ils descendirent chacun de leur côté pour échanger leurs places et Woopie se mit à battre de la queue en comprenant qu'ils repartaient vers la forêt.

Quelques centaines de mètres suffirent à Louise pour se sentir à l'aise au volant du pick-up. Les vitesses n'étaient effectivement pas plus compliquées à passer, en revanche le premier virage la surprit au point qu'elle faillit tout lâcher.

— C'est pas une voiture pour fillettes, grogna Antoine en l'aidant à tourner le volant. Et accélère, on va caler !

— Pourquoi elle tourne pas, votre voiture ? La mienne, à l'auto-école, je pouvais la conduire d'une main !

— Il n'y a pas la direction assistée. Au prochain virage, tu feras attention au retour de volant.

— C'est quoi encore, ce truc ?

— Les roues ont tendance à partir un peu vite dans l'autre sens. Il y a eu pas mal d'accidents à cause de ça.

— Génial ! Vous êtes sûr qu'on ne ferait pas mieux de finir à pied ?

— Arrête de geindre ! Il n'y a plus qu'un virage.

Louise aperçut l'immense croix en bois qui dominait la vallée. Il restait cinq cents mètres à parcourir, mais elle attendrait d'être arrivée pour se sentir rassurée. Pour ne rien arranger, les premières gouttes de pluie se mirent à tomber. Antoine actionna les essuie-glaces et regarda le ciel. Des nuages sombres s'amoncelaient au-dessus de la forêt ; pour l'instant, ce n'était qu'une bruine.

Une fois le dernier virage passé, Louise jeta des coups d'œil nerveux vers le vide qui béait de son côté. Lorsqu'elle s'arrêta sur le parking où aucun autre véhicule ne stationnait, elle poussa un soupir de soulagement, tout en reconnaissant qu'elle avait apprécié l'expérience.

— Vous préférez qu'on attende qu'il s'arrête de pleuvoir ? demanda-t-elle en lui rendant la clef de contact.

— Et pourquoi pas attendre que tes lynx passent devant la voiture ? On a acheté des vêtements de pluie, c'est le moment de voir ce qu'ils valent !

À peine eut-il terminé qu'il ouvrit sa portière et sortit, aussitôt suivi de Woopie. Dehors, la forêt exhalait mille odeurs, celles de dizaines de variétés d'arbres, de champignons, de châtaignes et de feuilles en décomposition qui allaient bientôt nourrir la terre qui les avait fait naître. C'était un monde nouveau qui s'offrait à Antoine, un monde prêt à l'accueillir et à l'envelopper tout entier. Il inspira profondément pour s'en imprégner, regarda cette nature qui vivait en paix, écouta le bruit de la pluie et le chant des oiseaux, et sut qu'il trouverait ici une sérénité qu'il n'avait jamais connue. C'était toute l'ironie de la vie, pour lui qui avait passé une existence morne enfermé dans son atelier d'imprimerie. Il n'avait pas eu besoin d'aller à l'autre bout du monde, comme il l'avait imaginé une fois. Par chance, il allait faire le reste du chemin avec Louise. Il ne pouvait pas le lui dire, mais il n'aurait pas pu rêver mieux.

— Prête, jeune fille ?

— Prête, m'sieur !

La première demi-heure de marche ne posa pas de problème. La pluie était plus rafraîchissante que gênante et les chaussures achetées au Decathlon de Lons les empêchaient de glisser ; avec le dénivelé, les battements de leur cœur s'accéléraient. Après qu'ils eurent passé les ruines d'une maison forestière, les choses se corsèrent. Le chemin, trop étroit pour avancer de front, bifurquait sur la droite. La pente se fit plus raide et le vent se mit à souffler fort. Louise marchait devant, sans se presser, mais sentit à plusieurs reprises qu'Antoine ne suivait plus. Si les premières fois elle l'attendit en plaisantant sur sa condition physique, peu à peu le doute et l'inquiétude s'immiscèrent dans son esprit. Ils n'avaient pas consulté la météo et elle ne captait un réseau qu'à certains endroits, rendant tout appel d'urgence aléatoire.

— Vous êtes sûr que ça va aller ? demanda-t-elle en s'arrêtant pour le laisser récupérer. Le dernier panneau indiquait encore une heure et demie de marche.

— Il y a un refuge un peu plus haut. On s'y arrêtera pour manger et on avisera. Si ça monte trop, tu iras seule, c'est ce qu'on avait prévu.

— Je peux prendre le sac à dos si vous voulez.

— Tu as déjà le tien. Et ce ne sont pas deux sandwichs et deux gourdes qui vont me ralentir.

Louise regarda le ciel qui s'était encore assombri. Il était presque 1 heure de l'après-midi et rien ne laissait espérer une amélioration.

— Ce n'était peut-être pas une bonne idée de venir aujourd'hui. Il risque de pleuvoir toute la journée et la température peut vite baisser en montagne.

— Tu as froid ?

— Non, mais vous, oui. Vos mains sont toutes blanches.

— Ne t'inquiète pas pour moi. Quand on s'arrêtera, je sortirai la bouteille de génépi que m'a donnée Suzie. T'auras pas intérêt à traîner, parce que, après ça, je suis pas sûr de t'attendre !

Antoine fanfaronnait, occultant le fait qu'il frissonnait dès qu'il s'arrêtait. Si sa cape de pluie empêchait l'eau de s'infiltrer, elle restait inefficace contre le froid.

— Si on continue, vous passez devant.

— Comme tu veux, mais ne te laisse pas distancer.

Devant, Woopie s'était arrêté en attendant de savoir s'il devait poursuivre ou rebrousser chemin. Depuis le début de l'ascension, il allait et venait, enivré par les odeurs de végétation et d'animaux qu'il était seul à sentir. Quant à la bruine qui tombait, elle lui était indifférente. Il s'ébrouait régulièrement, envoyant valser des centaines de gouttes autour de lui, et reprenait ses va-et-vient, heureux comme un chien au paradis.

Enfin, un panneau indiqua le refuge à moins d'un kilomètre. La pente était toujours aussi raide, mais la végétation s'éclaircissait. Au-dessus d'eux, les nuages traversaient le ciel à grande vitesse, laissant entrevoir le soleil quelques instants, avant de l'obscurcir. Antoine peinait, mais refusait de ralentir. Un kilomètre, c'était le tour de Saint-Ambroise qu'il avait fait des dizaines de fois : la rue des Lupins, le terrain de basket, Joachim et son épicerie, la brasserie Chez Suzie, puis le retour par la rue des Carmes, avec, sur la droite, l'impasse qui menait chez Faustine. Dans un sens ou dans l'autre, il n'avait jamais mis plus de dix minutes, sauf s'il s'était arrêté bavarder avec Clément, Martine, Norbert ou un de ceux qui avaient fini par l'accueillir dans leur clan. Penser à eux lui fit oublier le souffle qui lui manquait. Un pas après l'autre, sans regarder trop loin devant pour éviter de se perdre dans l'immensité du décor.

— Le refuge est à gauche ! cria Louise.

Antoine tourna la tête et l'aperçut à son tour, maisonnette de pierre surmontée d'un toit de lauze. Woopie avait compris qu'ils s'y arrêteraient et attendait déjà sur le pas de la porte. Une clef en fer forgé était pendue à un clou. Antoine la tourna dans la serrure et sentit son cœur se serrer. Louise ignorait encore que leurs chemins allaient se séparer ici.

Le refuge se composait de deux pièces, l'une avec une table et des bancs de pierre, l'autre avec des planches de bois pour dormir. Le confort était spartiate, mais les bergers et les randonneurs qui y avaient passé la nuit s'en étaient contentés depuis cent cinquante ans, comme l'indiquait une pierre gravée au-dessus de la cheminée.

— Ouvre les fenêtres, ça sent le renfermé, dit Antoine en inspectant les lieux. Je vais allumer un feu, on va manger au chaud !

De vieux journaux, des morceaux de cagettes et des bûches avaient été entreposés dans l'âtre. En quelques minutes, une douce chaleur emplit la pièce et le crépitement du feu rassura Louise. Elle n'avait rien dit, mais elle s'était inquiétée pendant une grande partie de l'ascension. Elle l'avait laissé passer devant et avait scruté la moindre défaillance qui l'aurait décidée à renoncer. Ils avaient marché deux heures et avalé trois cent quatre-vingts mètres de dénivelé. Pour un septuagénaire qui n'avait quasi jamais randonné, c'était une performance. Il restait une demi-heure de marche pour rejoindre la Roche fauconnière où des lynx avaient été aperçus deux semaines plus tôt.

Antoine sortit de son sac les sandwichs et les gourdes, puis les éclairs au chocolat que la boulangère avait protégés dans une boîte en carton. Enfin vint la bouteille de génépi. Lorsqu'il disposa le tout sur la table, Louise ne put s'empêcher de sourire.

— C'est bien la première fois que je vais manger un éclair en rando ! Généralement, c'est une banane ou une pomme.

— C'est un tort ! Il faut toujours veiller à se faire plaisir ! Tu peux même goûter au génépi, personne n'en saura rien.

Antoine avait aussi pensé aux croquettes de Woopie. Le border collie avait marché trois fois plus qu'eux en multipliant les allers-retours. C'était dans sa nature de ne pas regarder à la dépense, tout comme ça l'était d'engloutir sa gamelle en moins d'une minute.

— Vous savez ce que je trouve bien avec vous ? dit Louise en croquant dans son sandwich. C'est que vous ne réfléchissez pas des heures avant de faire quelque chose. Souvent, les gens de votre âge, en tout cas mes grands-parents, trouvent une bonne raison pour ne rien faire. On dirait qu'à un moment de leur vie ils ont dit « stop, on est trop vieux ». Vous, vous avez dansé jusqu'à minuit et, ce matin, vous faites deux heures de rando sous la pluie ! C'est comme la première fois où je vous ai proposé de vous photographier. Vous avez à peine réfléchi et c'était parti ! D'ailleurs, je peux vous prendre en photo, là ? C'est un peu sombre, mais à côté du feu, ça fait un joli cadre !

Antoine lui donna son accord en hochant la tête – une simple formalité puisqu'elle avait déjà sorti son appareil –, et l'observa faire ses réglages pour pallier le manque de lumière. Depuis le jour où ils s'étaient rencontrés, l'adolescente avait changé. Son regard était plus affirmé, elle avait probablement admis que la photographie n'était plus seulement une passion, mais le métier auquel elle se destinait. Il aurait aimé voir les photos qu'elle avait prises la veille, celles des joueurs et des spectateurs sur le terrain de basket, et celles de la brasserie. Il était certain d'y trouver sa délicatesse et l'émotion qui émanait d'elle dès qu'elle parlait lumière ou profondeur de champ. Il était fier de l'avoir accompagnée au moment où elle assumait son choix de sortir des sentiers battus. Pendant qu'elle le photographiait, il songea à Simon. Il se demanda ce qu'il en pensait, là où il était, s'il lui en voulait de ne pas avoir su faire la même chose avec lui ou si, au contraire, il était rassuré à l'idée que son père s'ouvre aux autres sur le tard.

Louise prit encore quelques photos, avec et sans flash, vérifiant régulièrement ses clichés sur l'écran de contrôle. Parfois, son front se ridait, d'autres fois, elle souriait, étonnée de ce qu'elle y voyait. Antoine se laissait faire, poupée docile que les petites filles coiffent inlassablement. Il lui devait au moins cela, sachant la douleur qu'il allait lui infliger. Mais il était sûr qu'elle comprendrait. Pour elle aussi, il avait préparé une lettre qu'elle trouverait à son retour au refuge. Elle la lirait, pleurerait probablement, mais saurait respecter sa décision. Elle se souviendrait toute sa vie de cette randonnée impromptue, des odeurs de la forêt sous la pluie, du feu dans la cheminée. Elle partagerait ses souvenirs avec Woopie, qu'elle ramènerait avec elle dans le pick-up. Plus tard, elle comprendrait qu'il l'avait choisie pour l'accompagner au bout du chemin, que c'était son cadeau ultime. Louise, l'enfant qu'il avait su protéger d'elle-même, à qui il avait donné confiance pour foncer vers son rêve, Louise qui lui avait permis, sans le savoir, de se prouver qu'il était autre chose qu'un monstre d'indifférence. Elle apprendrait le reste de l'histoire de la bouche de

Faustine ou de celle de Léa ; elle en ferait ce qu'elle voudrait, il espérait seulement qu'elle l'aimerait aussi fort que lui l'aimait à cet instant.

— Bon, jeune fille, je ne te chasse pas, mais si tu ne veux pas rentrer en pleine nuit, il vaudrait mieux que tu y ailles.

— Vous ne venez pas ?

— Non. Je vais te retarder et tu ne verras aucun lynx si Woopie est dans tes pattes. De toute façon, c'est tout droit, tu ne peux pas te tromper.

Louise n'avait pas pensé au problème que représentait Woopie. Son rêve était tout proche, pourtant elle chercha par la fenêtre une raison de renoncer. Mais depuis quelques minutes la pluie avait cessé et laissé place à une éclaircie.

— Tu vas faire les plus belles photos de ta vie. Ce sera ton sésame pour Eisenberg, j'en suis convaincu.

Louise acquiesça en préparant son sac, soudain incapable de regarder Antoine. Quand elle fut prête, les larmes avaient empli ses yeux. Elle s'approcha de lui et le serra fort dans ses bras.

— Merci pour tout ce que vous faites pour moi, dit-elle entre deux sanglots. Je n'oublierai jamais.

— Merci à toi de m'offrir ce rôle. Moi non plus, je n'oublierai pas.

Ils restèrent ainsi sous le regard attendri de Woopie, qui ne savait pas s'il devait accompagner la jeune fille ou rester auprès de son maître.

— Allez, file et épate-les ! dit Antoine en ouvrant la porte. Tes lynx t'attendent.

Louise sécha ses larmes et passa le sac à dos sur ses épaules. Au moment de quitter le refuge, elle souriait. C'était l'image qu'Antoine voulait emporter avec lui.

21.

Léa était arrivée plus tôt que ce qu'elle avait écrit dans son SMS. Midi, au lieu de 14 heures. Elle avait pressenti que son père pouvait s'absenter pour l'éviter et s'était dit que deux heures d'avance suffiraient pour le surprendre chez lui. Elle avait tenté de l'appeler sur son portable, mais était tombée directement sur sa messagerie. Un instant, elle avait pensé ne pas se trouver devant la bonne maison, celle-ci était tellement différente de celle d'Orsay. Pourquoi y avait-il un garage, alors qu'il ne conduisait plus depuis des années ? Pourquoi un jardin, lui qui n'y connaissait rien et avait passé sa vie enfermé dans son atelier ? Heureusement, elle avait jeté un coup d'œil par la fenêtre et distingué la bibliothèque en châtaignier, ainsi que les deux fauteuils et le canapé en cuir, reconnaissables entre mille.

Elle était venue seule, sans mari ni enfants, pour avoir cette discussion que son père fuyait depuis toujours. Elle était prête à rester le week-end s'il le fallait et avait déjà repéré les hôtels dans lesquels elle pouvait descendre. Pendant le voyage, elle avait imaginé leur rencontre : le premier regard, les premiers mots, la manière d'introduire Simon dans la conversation. Elle s'était promis de rester calme, de taire ses rancœurs et de maîtriser son langage. Elle s'était préparée à souffrir encore, avec l'espoir qu'il en sortirait quelque chose de positif.

Après avoir vu où il vivait, Léa décida de faire le tour du quartier, de marcher dans les pas de son père, de croiser les gens qu'il rencontrait quand il sortait de chez lui, de sentir les mêmes odeurs, espérant que cela l'aiderait à le comprendre. Toute sa vie, il avait été une énigme à laquelle elle s'était heurtée. Très tôt, elle s'était rendu compte qu'il n'était pas comme les autres pères. Le sien ne parlait pas beaucoup, ne jouait pas avec elle et ne consentait qu'à de rares moments de complicité ; pendant longtemps, elle s'était crue fautive. Elle avait un seul souvenir de câlin, le jour où Simon était né, et peut-être un autre, la fois où elle s'était cassé le bras en tombant de vélo. Ou peut-être avait-elle inventé celui-là, comme les mensonges qu'elle racontait à ses copines pour faire croire qu'elle avait un père normal. Pour les amies à qui elle se confiait, c'était avec lui qu'elle faisait les devoirs, qu'elle jouait au tennis le week-end, qu'elle regardait des films, le soir, quand il n'y avait pas école le lendemain. Si l'une d'elles s'étonnait qu'il ne soit pas présent au spectacle de fin d'année, elle lui inventait des voyages professionnels à l'étranger ou une maladie qui le clouait au lit.

Cela avait duré jusqu'au divorce de ses parents. Elle savait depuis longtemps que leur couple ne fonctionnait plus et avait accepté qu'ils fassent leur vie chacun de leur côté. L'époque voulait que la garde des enfants soit confiée à la mère. Ils avaient tous trois quitté la maison d'Orsay pour aller vivre à Antony, à seulement quelques kilomètres de là. Leur père aurait pu les prendre les mercredis après-midi, en plus d'un week-end sur deux, aller les chercher de temps en temps à l'école, leur faire la surprise d'une sortie au cinéma ou à la piscine. Leur mère le lui avait suggéré plusieurs fois, mais ça n'était jamais arrivé. Un jour, Léa l'avait entendu répondre qu'il ne pouvait pas, pas seulement parce qu'il avait beaucoup de travail, mais parce que les choses étaient ainsi, sans qu'il songe à les contester, ni même à réellement se l'expliquer. Dès lors, elle ne lui avait plus trouvé d'excuses. Il n'était qu'un égoïste. D'enfant aimante et indulgente, elle s'était muée en une adolescente révoltée, souvent cinglante. Sa colère était sans bornes, décuplée par la souffrance de Simon qu'elle était incapable de soulager. Simon, fragile et innocent, en quête d'un amour paternel qui ne se manifestait pas. Lui non plus ne comprenait pas, mais continuait d'espérer, cherchant par tous les moyens à attirer l'attention de son père, prêt à se contenter d'un seul mot tendre ou d'un simple regard. Léa ne s'était jamais résolue à ruiner ses espoirs et avait compris, des années plus tard, qu'une infime part d'elle-même voulait encore y croire. Elle avait fini par admettre que, là encore, elle s'était trompée. À quarante-deux ans, elle avait besoin de savoir, comme une enfant née sous X à qui il manque l'essentiel de son histoire, qui était son père. Ce que lui avait dit sa mère ne suffisait pas, elle devait le voir, évoquer avec lui ces années d'enfance et d'adolescence, peut-être lui trouver des circonstances atténuantes, faute de lui pardonner.

Il était midi et demi quand une pluie fine se mit à tomber. Son parapluie étant resté dans la voiture, elle traversa la rue et poussa la porte d'une brasserie. Là, elle pourrait laisser filer le temps en regardant par la fenêtre, réfléchir à ce qu'elle allait lui dire. Il n'y avait personne, ni dans la salle de restaurant ni derrière le comptoir. Elle allait repartir lorsqu'elle vit arriver une femme âgée, la mine fatiguée.

— Bonjour, je me demandais si c'était ouvert.

— Ça l'est, mais si c'est pour manger, ce sera plat unique : bœuf bourguignon, pièce montée en dessert. Je peux vous faire une salade de tomates en entrée, si vous voulez.

Un autre jour, sans doute se serait-elle laissé tenter, mais pas aujourd'hui.

— Je peux avoir un thé vert ?

— Un thé vert ? Comme vous voudrez. Choisissez votre table, ce n'est pas la place qui manque.

En attendant son thé, Léa détailla l'autre salle, où il n'y avait pas de tables, mais des fauteuils, des canapés et des luminaires dépareillés. Puis elle regarda par la fenêtre et entendit la pluie redoubler, chassant les derniers passants.

— Voilà votre thé, dit Suzie en posant tasse et théière sur la table. Et pardonnez-moi pour l'accueil, j'ai dormi moins de deux heures, je n'ai plus l'habitude. Je vous ai mis une part de pièce montée, c'est offert. Si vous n'en voulez pas, ce n'est pas grave.

Léa la remercia et accepta ses excuses. Elle non plus n'avait pas beaucoup dormi et pouvait être irritable.

— Il y a eu une fête ici ? demanda-t-elle en désignant l'autre salle.

— Oui, madame. L'anniversaire de Saint-Ambroise, notre quartier. Ça faisait vingt ans qu'on ne l'avait pas fêté, il fallait marquer le coup. Vous êtes de passage ?

Suzie attendit une réponse qui ne vint pas. Elle se sentit de trop et fit demi-tour en direction du comptoir.

— Je suis venue voir quelqu'un qui s'est absenté, répondit Léa. Il s'est mis à pleuvoir et je suis entrée ici en attendant son retour.

— Je connais les habitudes de tout le monde, ici. Je peux peut-être vous aider ?

— Je ne pense pas. Il est nouveau ici, et c'est quelqu'un de réservé.

— Le seul nouveau, c'est Monsieur Antoine. Mais il n'a rien de réservé. Vous êtes sûre que celui que vous cherchez habite Saint-Ambroise ?

— Rue des Lupins, oui.

— Alors, c'est lui. Il était à la fête hier soir. Il a dansé jusqu'à plus de minuit. Il dort peut-être encore ou bien il est allé promener son chien. Vous n'avez pas vu son pick-up devant la maison ?

— Son pick-up ?

— Vous ne l'avez pas vu, sinon, vous vous le rappelleriez. Une vieille guimbarde américaine des années 1950. Il n'y a que lui pour conduire ça.

Cela faisait beaucoup d'informations à la fois, dont aucune ne concordait avec l'image que Léa gardait de son père. Elle était entrée dans la brasserie pour patienter, mais comprit qu'elle pouvait y trouver une partie des réponses qu'elle était venue chercher.

— Je m'appelle Suzie, comme la brasserie. Vous êtes sûre que vous ne voulez pas un peu de bourguignon ? Plus il est réchauffé, meilleur il est.

Dehors, un vent fort soufflait désormais. C'était un temps qui s'accordait avec les ragoûts de province.

— Je veux bien. Avec un verre de vin de la région.

— Il n'y a que ça ici. On est un peu chauvins.

Tous les plans de Léa venaient d'être bousculés. Pendant les quelques minutes où elle resta seule, elle laissa son regard s'évader dans la salle où, la veille, on avait fait la fête. Elle tenta d'imaginer son père au milieu de ces gens qu'il ne connaissait pas quelques semaines auparavant, chercha comment il s'y était pris pour se faire inviter. Elle se demanda où il était assis, s'il avait parlé avec ses voisins, ri, dansé, lui qu'elle n'avait jamais vu claquer des doigts ni même entendu chantonner. Suzie avait aussi parlé d'un chien alors que, à chaque Noël, Simon et elle en avaient réclamé un, en vain. Quant au pick-up, elle n'avait qu'un vieux souvenir de son père au volant d'une austère Citroën.

Lorsque Suzie revint avec un verre de vin, Léa avait mille questions à lui poser. Elle sentit qu'elle devait d'abord gagner sa confiance.

— Monsieur Antoine est mon père, dit-elle. Nous ne nous sommes pas vus depuis longtemps.

— Il ne sait pas que vous êtes là ?

Léa avait parlé trop vite et remarqua que le regard de Suzie s'était assombri.

— Je lui ai laissé un SMS, je ne sais pas s'il l'a lu.

— C'est difficile à dire. Je ne l'ai jamais vu avec un téléphone.

De nouveau, le ventre de Léa se noua. Elle avala une gorgée de vin pour se donner du courage.

— Il a disparu brusquement et j'ignore ce qu'il est devenu. Rien de ce que vous m'avez appris jusqu'ici ne correspond à ce que je connais de lui. J'admets être un peu déroutée, mais ça va passer. Enfin, j'espère.

— Vous ne saviez pas qu'il habitait ici ?

— Je l'ai appris par hasard.

Léa raconta comment son père avait vendu sa maison, son imprimerie, et quitté Orsay du jour au lendemain. Elle avait fait quatre cents kilomètres jusqu'à Saint-Ambroise, en songeant que c'était peut-être la dernière fois qu'elle le verrait. Quand ils auraient fini de parler, la décision de garder le contact s'imposerait d'elle-même. Ou pas.

Suzie prit conscience à cet instant qu'elle ignorait tout du passé d'Antoine. Elle ne connaissait rien non plus de la femme qui était assise devant elle, mais savait par expérience qu'il était plus sage de se tenir loin des histoires de famille. Pour se donner le temps de la réflexion, elle retourna en cuisine, sous prétexte de devoir surveiller la cuisson du bourguignon. Elle revint, avec deux assiettes sur un plateau, un second verre et la bouteille du vin qu'elle avait servi à Léa.

— Je m'assois avec vous et je vous raconte ce que je sais de votre père. C'est peut-être une erreur, mais je ne crois pas qu'il m'en voudra. De toute façon, vous finirez par en apprendre autant en faisant votre enquête.

Suzie raconta l'arrivée d'Antoine, ses costumes, la maison qu'il avait rénovée dans un quartier où plus personne n'avait le courage de planter un clou. Elle rapporta son intervention musclée à l'épicerie, qui lui avait valu le surnom de Clint Eastwood, puis celle qui avait failli mal tourner. Son arrivée avait redonné des couleurs à Saint-Ambroise, elle-même avait entrepris des travaux, et l'équipe de basket s'était reformée. Pour beaucoup, il était l'homme providentiel, trop humble pour en accepter le titre.

Au fur et à mesure du récit, des larmes montaient aux yeux de Léa, qu'elle essuyait furtivement tout en invitant Suzie à poursuivre. Elle écoutait, partagée entre tristesse et colère, avalant des bouchées de bourguignon dont elle ne sentait pas le goût. Elle ne savait plus si elle devait haïr son père parce qu'il n'avait jamais su être l'homme de Saint-Ambroise avec eux ou l'admirer parce qu'il l'était devenu.

— J'ignore les relations que vous entretenez avec votre père, dit encore Suzie, et je n'ai pas de conseil à vous donner. En revanche, la vie m'a appris qu'il fallait accorder une chance aux gens qui font tout pour être aimés.

Sans en connaître la profondeur, elle avait deviné qu'un gouffre séparait Léa de son père. Elle avait fait ce qu'elle pouvait pour établir une passerelle, le reste ne lui appartenait pas.

— C'est peut-être ce que je suis venue faire. Je le saurai quand je le verrai. Je vais retourner voir s'il est rentré. Je vous dois combien ?

Le bourguignon était presque intact. Quant aux choux de la pièce montée, ils n'avaient pas eu droit au moindre coup de cuillère.

— Rien, c'est pour moi. Quand vous aurez retrouvé l'appétit, vous repasserez par ici. Avec votre père, ce serait encore mieux.

Léa aurait voulu le lui promettre, mais trop d'inconnues se dressaient devant elle. Elle remercia Suzie de ses informations et se leva pour retourner rue des Lupins.

22.

Après avoir de nouveau sonné à la porte sans succès, Léa attendit dans sa voiture, à quelques mètres de la maison de son père. Il était plus de 14 heures et elle était désormais convaincue qu'il avait filé dans l'unique but de l'éviter.

Dehors, le temps d'automne avait fini par s'imposer. Plusieurs fois, elle eut froid et fit tourner le moteur pour avoir un peu de chauffage. Régulièrement, elle jetait des coups d'œil dans ses rétroviseurs, guettant la seule silhouette qu'elle pouvait reconnaître. Pour patienter, elle chercha sur Internet à quoi ressemblait un pick-up des années 1950. Les photos qu'elle trouva lui confirmèrent que la voiture était aux antipodes de l'univers de son père. Elle tapa « costume en tweed » dans le moteur de recherche et tenta de l'imaginer promenant un chien sur le trottoir. Que pouvait-elle dire à pareil homme, à ce Monsieur Antoine, connu et inconnu à la fois ? Elle avait beau faire des efforts, elle ne concevait pas que son père puisse être cet homme providentiel dont avait parlé Suzie. Rien de plus qu'un voisin, une connaissance, quelqu'un avec qui l'on échange des formules de politesse.

À 15 heures, la pluie se remit à tomber, l'obligeant à actionner les essuie-glaces. Sur le trottoir apparut une femme sous un parapluie, marchant d'un pas décidé. À hauteur du 63, elle s'avança dans l'allée et sonna à la porte. Aussitôt, Léa sortit de la torpeur qui l'avait gagnée. La vitre de sa portière ruisselait de pluie, Léa distinguait mal les traits de la femme, mais la vit sonner une deuxième fois, puis une troisième. Il lui sembla même qu'elle avait prolongé le dernier coup de sonnette. Puis la femme alla jeter un coup d'œil par la fenêtre, comme elle-même l'avait fait trois heures plus tôt. Elle revint sonner une dernière fois et attendit en regardant alentour. Durant ces secondes suspendues dans le temps, leurs regards se croisèrent. Léa appuya sur le bouton d'ouverture de sa vitre, laissant s'engouffrer le froid et la pluie sans qu'elle y prête attention. La dame se dirigeait droit vers elle, Léa ne sut s'il fallait rester ou déguerpir. Avant qu'elle se décide, l'inconnue se penchait à sa vitre et la dévisageait.

— Vous êtes la fille d'Antoine, n'est-ce pas ?

Léa resta interdite, essayant de comprendre comment elle le savait.

— Vous permettez que je monte ?

— Bien sûr, excusez-moi, dit-elle en actionnant l'ouverture des portes.

Tandis que la dame faisait le tour de la voiture, ouvrait puis refermait la portière côté passager, Léa chercha à quoi elle devait s'attendre.

— Mon parapluie va goutter sur votre tapis de sol, vous préférez que je le laisse dehors ?

— Ce n'est que de l'eau. Vous connaissez bien mon père ?

La question était abrupte, mais rien d'autre ne l'intéressait. Avant de répondre, la dame sécha le dos de ses mains sur le tissu de son pantalon et fit en sorte d'arranger ses cheveux que le vent avait décoiffés. En la regardant attentivement, Léa comprit que c'était une façon de se donner du temps pour maîtriser son embarras.

— Je m'appelle Faustine. J'imagine que vous ne savez pas du tout qui je suis.

— Je ne connais personne ici. À part Suzie, chez qui je suis allée boire un thé.

— Et où vous avez laissé de côté le meilleur bœuf bourguignon de la région.

— C'est elle qui vous a dit que j'étais ici ?

— Elle m'a expliqué que vous étiez venue voir votre père, je ne savais pas que vous l'attendiez devant chez lui.

Faustine se sentit gênée d'en savoir plus sur cette femme qui ignorait tout d'elle. Dans l'intimité de la voiture, toutes deux coupées du monde par la pluie et le vent, elle décida qu'il valait mieux jouer franc jeu.

— Je suis l'amie de votre père, dit-elle en guettant l'impact de la révélation. C'est assez récent. Au départ, je ne voulais pas que ça aille si loin, je ne me sentais pas prête. Disons que j'en avais très envie, mais je ne pensais pas que c'était encore possible à notre âge. Votre père a été patient et m'a fait comprendre le contraire.

Elle s'arrêta et attendit de savoir si la conversation pouvait se poursuivre ou s'il était préférable de partir. Sur le visage de Léa, un sourire mélancolique venait de se dessiner.

— Avant d'arriver ici, je ne vous aurais pas crue, avoua-t-elle. Maintenant que j'ai vu cette maison et entendu Suzie parler de lui, je ne suis plus sûre de rien.

— C'est tellement différent de ce que vous connaissez de lui ?

Léa ne répondit pas et tâcha de mettre de l'ordre dans ses idées. Dans son regard perçait une interrogation qu'elle n'osait pas formuler.

— Vous voulez savoir s'il m'a parlé de vous ? devina Faustine.

La jeune femme acquiesça, inquiète, craignant d'avoir été balayée des souvenirs de son père.

— Je ne sais pas grand-chose de vous, suffisamment toutefois pour être sûre que votre père est accablé de remords en ce qui vous concerne, vous et votre frère. Il m'a confié avoir été peu présent quand vous étiez enfants. Il a parlé d'« enveloppe vide », des mots de votre mère. Il s'est comparé au personnage de *L'Étranger*, apathique et détaché de tout. Jusqu'à récemment où il est sorti de sa léthargie ; j'ignore pourquoi, il ne me l'a pas dit.

Léa eut l'impression que toutes ses forces l'abandonnaient. Elle s'enfonça dans son siège, bascula la tête en arrière et fixa sans le voir le pare-brise ruisselant de pluie. Sur ses joues coulaient des larmes silencieuses qu'elle ne cherchait plus à retenir. Des milliers de gouttes tambourinaient sur la carrosserie, l'habitacle de la voiture était comme un cocon, impuissant toutefois à la protéger de la douleur. Faustine respecta son silence et se cala à son tour sur son siège pour regarder la pluie tomber. Plusieurs minutes passèrent ainsi, chacune faisant défiler mentalement les images des derniers jours, des dernières semaines ou des dernières années. Léa sortit de son hébétude et livra à Faustine la pièce du puzzle qui lui manquait.

— Simon, mon petit frère, s'est suicidé au début du mois de mai. Pendant des années, il a lutté contre la dépression sans que je puisse l'aider. Ma mère n'a pas été plus efficace, ses amis non plus. Je ne sais pas si mon père aurait pu l'en sortir, en tout cas, il a fait semblant de ne rien voir. Ou bien, il n'a rien vu, je ne sais pas.

Faustine avait compris depuis longtemps qu'Antoine cachait une blessure, mais ne s'attendait pas à ce qu'elle soit aussi profonde. Une alarme se déclencha alors au fond d'elle.

— Il savait que vous deviez venir aujourd'hui ?

— Je lui ai envoyé un SMS il y a deux jours, je ne sais pas s'il l'a lu. Pourquoi ?

— Hier soir, je l'ai déçu. Il ne me l'a pas dit, mais je l'ai senti. Il était prévu qu'il passe la nuit chez moi, ça ne s'est pas fait à cause de mon fils qui s'est imposé au dernier moment. Non, pas à cause de mon fils, rectifia-t-elle, à cause de moi qui n'ai pas su lui expliquer que ça n'était pas ses affaires. J'étais venue m'excuser et dire à votre père que j'avais mis les choses au clair.

Elle repensa à la dernière fois où elle l'avait vu. Un peu après minuit, chez Suzie. Il avait fait le tour des personnes qu'il connaissait le mieux et adressé un mot à chacune. Elle n'y avait vu que de l'affection et un sentiment de fraternité. Maintenant qu'il avait disparu, elle craignait qu'il s'agisse plutôt d'un adieu.

– Je peux savoir comment vous avez retrouvé son adresse ?

– Par un ami gendarme, dans le fichier central. Une plainte a été déposée cette semaine sur laquelle figurait son nom.

Faustine se rappela l'incident avec les voyous. Sur le moment, elle n'avait pas compris pourquoi Antoine ne souhaitait pas porter plainte. Désormais, elle avait la réponse.

– Vous pensez qu'il est parti pour ne pas nous voir ?

– C'est possible, oui. Je vais appeler Louise, elle en saura peut-être plus que nous.

Léa ne savait pas qui était Louise et fronça les sourcils en se demandant s'il s'agissait d'une autre femme dans la vie de son père.

– C'est une adolescente qu'il aime beaucoup, expliqua Faustine en sortant son portable. Ils ont quitté la fête ensemble hier soir.

Tandis qu'elle composait le numéro, le regard de Léa fut attiré par un homme sur le trottoir. Au fur et à mesure qu'il approchait, sa gorge s'asséchait et son ventre se nouait. Arrivé devant chez son père, l'homme en costume alla sonner à la porte et attendit. En découvrant son visage, Léa ouvrit sa portière et descendit de voiture, hypnotisée par ses traits familiers. Elle fit quelques pas sur la route et se figea, incapable d'articuler un mot. Elle resta ainsi plusieurs secondes, sans se rendre compte de la gêne qu'elle occasionnait. L'homme dévisagé sonna une seconde fois, attendit, puis sortit une enveloppe de la poche intérieure de sa veste qu'il glissa sous la porte. Au moment de partir, il se dirigea vers Léa.

— Bonjour ! On se connaît ?

Quand il fut tout proche, la tension retomba légèrement. Ça n'était ni Simon ni son fantôme, seulement un homme qui lui ressemblait cruellement.

— Je l'ai cru, mais non, je suis désolée.

— Vous n'avez pas à l'être, ça arrive. Gabriel Fages, je travaille dans l'immobilier. Vous avez de la famille ici ?

— C'est chez mon père que vous avez sonné. Je l'attends.

— M. Lagadec ! Un homme redoutable pour percer les gens à jour. Vous avez de la chance de l'avoir comme père.

Léa hocha la tête, sans confirmer ni infirmer, encore troublée par la ressemblance avec Simon. La même voix, les mêmes traits et cette fragilité masquée par un excès d'assurance.

— Je vous laisse, je dois aller travailler. Vous passerez le bonjour à votre papa.

Léa le regarda s'éloigner, sentant son ventre se nouer de nouveau. L'homme avait employé le mot « papa », un terme affectueux qu'elle avait presque oublié pour désigner son père.

Lorsqu'elle rentra dans la voiture, Faustine avait son portable à la main. Elle n'avait pas pu joindre Louise, mais lui avait laissé un message.

— Je vous propose d'aller attendre chez moi, devant un thé ou ce qui vous fera plaisir. J'ai averti Francis, qui habite la maison à droite. S'il voit votre père arriver, il m'appelle aussitôt.

C'était la meilleure solution et Léa avait besoin d'entendre parler de son père. Des centaines de questions resteraient sans réponse, mais au moins elle en apprendrait un peu plus sur l'homme qui avait fui pour tenter de se racheter. Quand elle le reverrait, elle essayerait de le comprendre. Et si elle en entrevoyait la possibilité, elle ferait en sorte de profiter du temps qu'ils avaient encore à passer ensemble.

23.

Antoine avait attendu une demi-heure avant de quitter le refuge. C'était le temps qu'il fallait à Louise pour arriver à la Roche fauconnière. Elle avait pris le chemin de gauche, lui celui de droite pour s'enfoncer dans la forêt. En étudiant la topographie, il avait repéré une falaise qui convenait parfaitement. Avant de partir, il avait expliqué à Woopie qu'il ne pouvait pas l'emmener. C'était son dernier voyage, le chien avait la vie devant lui et choisirait avec qui la partager, Louise qu'il adorait ou Faustine à qui il tiendrait compagnie.

Les nuages étaient encore assez hauts dans le ciel pour que la vue reste dégagée, mais la température avait baissé de plusieurs degrés et l'humidité s'infiltrait sous ses vêtements. Calé contre un rocher, Antoine admirait l'immense cirque qui s'offrait à sa vue. C'était le plus bel endroit pour finir sa route, le plus symbolique aussi. Rien à voir avec son atelier d'imprimeur, ses quatre murs et sa lumière artificielle. Toute la beauté du monde l'attendait ici, prête à l'accueillir pour l'éternité. On allait sans doute entamer des recherches et retrouver son corps dans le précipice, à moins que l'endroit, trop sauvage, reste inaccessible. Dès qu'il serait prêt, il roulerait sur le côté et se laisserait tomber. Le premier choc lui ferait perdre connaissance ou le tuerait sur le coup. Il n'y aurait pas de douleur, le génépi de Suzie était là pour ça. Il avait déjà avalé la moitié de la bouteille et ne sentait plus le froid. Dans l'autre main, il tenait une photo de Simon et Léa. Une photo d'avant le divorce, du temps où il lui arrivait encore de jouer avec eux. Léa chatouillait Simon qui riait à gorge déployée au moment où l'objectif les avait saisis. Antoine en avait fait plusieurs tirages, de différents formats. Il l'avait retrouvée par hasard au fond d'un carton qui avait servi au déménagement. Il avait pensé la jeter, comme tout ce qui lui rappelait la vie d'avant, mais n'avait pu s'y résoudre. Simon et Léa, qu'il n'avait pas su aimer. Simon, l'enfant fragile, à la recherche d'un père attentif qu'il n'avait jamais trouvé. Léa, l'aînée qu'il avait déçue bien avant ses dix ans, incapable de porter sur elle un regard tendre et bienveillant. D'aucuns diraient qu'il s'en allait lâchement, comme il avait vécu ; peut-être auraient-ils raison. Léa lui avait dit plusieurs fois que le suicide de son frère était injuste, que c'était lui qui aurait dû mourir. Dans *L'Étranger*, Meursault finissait exécuté pour le crime qu'il avait commis. Il y avait une justice.

Les seuls regrets qu'il emportait concernaient Louise et Faustine. Il aurait aimé voir l'adolescente s'épanouir, devenir la femme photographe chez qui il avait décelé le talent dès le premier jour. Il aurait aussi voulu accompagner Faustine dans leurs dernières années. Vieillir ensemble, se promener, passer des heures sur le banc du bout du monde, faire l'amour tant que c'était encore possible, s'endormir et se réveiller à côté d'elle. Elle aussi serait triste en apprenant sa disparition, sans doute lui en voudrait-elle de l'avoir abandonnée. Il espérait que le temps ferait son œuvre et l'aiderait à considérer les semaines qu'ils avaient passées ensemble comme une parenthèse enchantée. Il n'était pas sûr qu'elle accepterait la maison qu'il lui léguait, c'était à elle de décider, mais il avait voulu lui donner la possibilité de rester à Saint-Ambroise au cas où ses fils auraient obtenu d'elle qu'elle vende la sienne.

L'alcool commençait à lui brouiller la vue et engourdissait ses membres. Une pluie fine s'était remise à tomber, des gouttes glacées ruisselaient sur ses joues chauffées par le génépi. Chaque gorgée le rapprochait de la fin, compte à rebours d'ivrogne avant le grand saut. Il n'était plus capable de se lever, mais rouler sur le côté suffirait. Trois secondes de chute pour disparaître à jamais, à l'abri d'une végétation dense qui l'engloutirait au fil des semaines. Il servirait de repas à des milliers d'insectes, serait congelé durant l'hiver, puis redeviendrait poussière, juste retour des choses. Il avala la dernière gorgée en se demandant combien de temps un corps mettait à se décomposer, quand il crut sentir une langue chaude lui lécher l'oreille. Il pensa d'abord à une hallucination, puis reconnut Woopie, grognant de plaisir et battant de la queue. Ça n'était pas prévu et il dut faire un effort de lucidité pour comprendre ce que cela impliquait. Une voix criarde lui vrilla alors les tympans.

— Oh, putain, on dirait E.T. !

Malgré la pluie qui ruisselait dans ses yeux, il reconnut cette fois Louise, géante penchée au-dessus de lui, la colère à fleur de peau.

— Ça fait plus d'une heure qu'on vous cherche ! On se gèle et on va bientôt plus rien voir, alors vous vous levez et on rentre ! Magnez-vous, je suis pas d'humeur à discuter !

Antoine était incapable de faire un mouvement. L'alcool, le froid et la position gardée trop longtemps l'avaient complètement engourdi. Il voulut dire quelque chose, mais sa bouche anesthésiée refusa de laisser passer le moindre mot. Lorsque Louise aperçut la bouteille de génépi, sa fureur grimpa d'un cran.

— Vous êtes bourré, en plus ! Bordel, Antoine, on en a pour plus d'une heure à rejoindre la voiture et il n'y a pas de réseau pour que j'appelle quelqu'un ! Vous croyez quoi, que je vais vous porter sur mon dos ?

Elle n'avait aucune intention de rentrer seule, comme il le lui avait demandé dans sa lettre. Il douta même qu'elle l'ait trouvée, un accroc de plus dans le plan qu'il avait imaginé.

— Et pour que ce soit bien clair, je n'ai pas besoin de votre ordi, de votre pick-up ou de votre chien ! J'ai déjà deux chats et une tortue. De toute façon, on est arrivés ensemble, on repart ensemble. J'ai pas envie d'avoir votre mort sur la conscience !

Rectification : elle l'avait lue, mais n'en avait pas tenu compte.

— Et ne me faites pas le coup du « laisse-moi et pars » ! C'est dingue, ça ! Qu'est-ce que vous croyiez ? Que j'allais rentrer gentiment, « merci pour la balade, on se revoit dans une autre vie » ? Merde, quoi ! Je croyais que c'était vous, l'adulte !

Elle l'empoigna par le bras et le tira à elle, sans succès. Avant qu'elle hurle qu'il ne faisait aucun effort, il la devança.

— Ça va, je me lève, mais arrête de brailler ! On dirait une mule à qui on a enlevé ses petits !

Si les mots étaient parvenus à sortir de sa bouche, ils n'étaient pas les mieux choisis pour l'occasion.

— Vous vous foutez de moi ? Je suis en train de vous aider, je vous signale ! Vous savez ce que je peux faire si ça vous plaît pas ? Je vous prends en photo et je fais des agrandissements que je distribue partout autour de chez vous. Je fais un poster pour afficher chez Suzie et un autre pour Faustine ! On verra ce qu'elles pensent de Monsieur Antoine, après ça !

Louise avait déjà retiré son sac à dos et commencé à ouvrir le compartiment où se trouvait son appareil. Antoine lui lança un regard noir auquel elle ne prêta aucune attention et tendit la main afin qu'elle l'aide à se relever.

— J'ai trop traîné, marmonna-t-il. Le plan, c'était que tu rentres et qu'il n'y ait pas de lendemain !

— C'est ça, ne me remerciez pas, surtout !

En conjuguant ses efforts avec ceux de Louise, il fut debout, les jambes endolories et l'estomac retourné par l'alcool. Le plus dur restait à faire, rentrer à la maison et reprendre le cours d'une vie qui aurait dû s'arrêter là.

Woopie les guida à travers les hautes herbes pour retrouver le sentier de randonnée. Si, pendant l'ascension, il avait gambadé librement, désormais il ne s'éloignait pas de plus de cinq mètres et revenait régulièrement voir si tout allait bien. Sans doute avait-il compris une partie du drame qui s'était joué. Louise fermait la marche, geôlière accompagnant son prisonnier ou maman furieuse après la bêtise d'un fils buté. Depuis qu'elle avait trouvé la lettre, le stress ne la quittait plus. Ses mâchoires restaient serrées et son ventre contracté comme si elle n'avait pas mangé depuis plusieurs jours. Elle avait envie de crier et de pleurer à la fois, de s'asseoir ou de courir à en perdre haleine. En cherchant Antoine, elle avait été assaillie par des images de son cadavre. Elle avait songé à redescendre jusqu'à la Croix, prendre le pick-up et rejoindre le village en contrebas pour appeler du secours, mais avait préféré faire confiance à Woopie et à l'affection qu'il avait pour son maître. Ensemble, ils avaient parcouru des kilomètres. L'humidité et le froid n'avaient pas aidé, le chien s'était trompé plusieurs fois, avait tourné en rond, rebroussé chemin et recommencé plus loin. Il avait douté, jusqu'à cet instant où elle l'avait entendu gémir ou chanter. Truffe au sol, il avait trottiné de plus en plus vite. Louise avait eu peur de le perdre de vue, mais était arrivée quelques secondes plus tard, exténuée.

Le ciel était de plus en plus bas et la pluie continuait de tomber, les trempant jusqu'aux os. Antoine avançait péniblement. Louise n'était pas rassurée et se demandait s'il allait trouver les ressources pour rejoindre le pick-up. Elle redoutait le moment où il s'arrêterait, à bout de forces.

— Ça va ? demanda-t-elle en venant à sa hauteur.

Un hochement de tête las fut sa seule réponse. Peu à peu, la colère de Louise fit place à de la pitié. Elle ignorait pourquoi il avait voulu en finir, il ne l'avait pas écrit dans sa lettre. Il avait simplement dit qu'il était heureux d'avoir passé ses derniers instants avec elle – des mots qui lui avaient fait monter les larmes aux yeux.

— C'est sympa, la rando avec vous ! Un temps pourri, un petit cache-cache dans la forêt. Il faudra qu'on remette ça ! Vraiment !

C'était sa façon de ne pas céder aux sanglots. Elle aurait besoin de plusieurs jours pour renouer avec sa paix intérieure. Elle poserait des questions à Faustine et tâcherait d'aider Antoine au mieux. Si toutefois ils arrivaient à rentrer.

— Tu as trouvé tes lynx ? demanda soudain Antoine d'une voix d'outre-tombe.

— J'ai vu une mère avec deux petits. Il y avait un rayon de soleil et j'allais faire la photo du siècle, sauf que j'avais à peine sorti mon appareil qu'ils sont rentrés dans leur tanière. Ils ne sont jamais ressortis, ces cons-là !

— Au moins, tu sais où ils logent !

Louise ne répondit rien, pas certaine de vouloir revenir. Le sol devenait glissant, elle agrippa le bras d'Antoine pour qu'il ne tombe pas, puis décida de ne plus le lâcher. Ils marchèrent ainsi jusqu'au refuge dont la porte était restée entrouverte. L'âtre était encore tiède et Louise réactiva le feu rapidement.

– On s'arrête cinq minutes et on repart, dit-elle. Ou alors, on passe la nuit ici.

– On repart. On n'a rien à manger et il n'y a pas assez de bois pour la nuit.

Sa voix était faible et il peinait à garder les yeux ouverts. Woopie se réchauffait au coin du feu quand une notification arriva sur le portable de Louise. On lui avait laissé un message vocal, mais la connexion était mauvaise et elle ne perçut que des bribes de phrases. Elle tenta de rappeler, mais trois bips successifs lui signifièrent qu'elle avait perdu le réseau.

– C'était Faustine. Je n'ai pas tout compris, elle a parlé d'une Léa. Vous savez qui c'est ?

– Ma fille aînée.

– Elle a un rapport avec ce que vous avez voulu faire ?

Antoine hocha la tête, les yeux rivés sur le sol de terre battue. Si la descente jusqu'au refuge l'avait aidé à éliminer une partie de l'alcool qui circulait dans son sang, elle avait aussi réveillé sa clairvoyance. Il se sentait comme un condamné à mort, soudain gracié, incapable d'imaginer les jours ou simplement les heures à venir.

— OK, on parlera de ça plus tard, décida Louise. C'est bon ! Vous vous êtes réchauffé ?

Antoine se leva et attrapa son sac à dos et les clefs du pick-up laissés sur la table. Puisqu'il n'y avait pas moyen de faire autrement, il ouvrit la porte du refuge et sortit, suivi de Woopie. Louise s'empressa d'étouffer le feu, puis sortit à son tour. Tant qu'il avait encore de l'énergie, il fallait en profiter.

La température avait encore baissé, au point qu'il pouvait neiger dans la nuit. Ni l'un ni l'autre n'avaient pensé à acheter des gants ou des bonnets au Decathlon de Lons. Les mains dans les poches et les capuches relevées, ils subissaient les assauts du vent qui balayait la pluie à l'horizontale. Pendant toute la descente, Louise respecta le silence d'Antoine. Il suffisait de suivre le sentier, de faire attention aux rochers saillants et à ceux qui pouvaient être glissants. Alors que le jour déclinait, ils aperçurent le pick-up. Quelques mètres avant d'arriver, Antoine s'arrêta et regarda en arrière, conscient de laisser une part de lui-même qu'il n'avait pas su faire disparaître.

— C'est mieux comme ça, non ?

— Je ne sais pas. On verra. Tiens, dit-il en lui donnant les clefs, c'est toi qui conduis.

Elle comprit seulement à cet instant pourquoi il lui avait passé le volant quelques heures plus tôt. En d'autres circonstances, elle l'aurait de nouveau engueulé parce qu'il l'avait manipulée, s'était servi d'elle depuis le moment où il avait parlé de l'emmener photographier ses lynx. Mais elle était fatiguée et n'avait plus la force de s'énerver. Elle prit les clefs, ouvrit les portières et fit tourner le moteur pour avoir un peu de chaleur. L'horloge indiquait 17 h 40, il fallait presque deux heures pour rentrer à Saint-Ambroise.

– Vous ne préférez pas qu'on trouve un médecin ?

– Non.

Pour la première fois depuis qu'elle le connaissait, Antoine faisait plus vieux que son âge. Il avait l'air d'un vieillard en bout de course, elle n'était même pas certaine qu'il redevienne un jour l'homme qu'elle avait admiré. Elle alluma les phares, actionna les essuie-glaces et passa la marche arrière. Au moment de s'engager dans la pente, il lui sembla qu'Antoine dormait déjà.

Il n'était plus question de prendre les petites routes de montagne. La voiture n'était pas équipée de GPS et Louise n'avait pas repéré le chemin à l'aller. L'autoroute passait à une dizaine de kilomètres, il suffisait de remonter vers Bourg-en-Bresse, puis de suivre Chalon-sur-Saône, un itinéraire qu'elle connaissait pour l'avoir déjà emprunté avec ses parents. Mais elle avait peur de croiser la police, car elle conduisait sans permis, avec à bord un vieil homme à moitié conscient. Elle ne voyait pas comment elle pourrait expliquer les lynx, la tentative de suicide et la bouteille de génépi qu'Antoine avait ingurgitée. Au pire, elle finirait la nuit au poste, une ligne de plus à ajouter sur son CV.

Enfin, la pluie s'arrêta et la température remonta légèrement. Calé sur la voie de droite à quatre-vingts à l'heure, le pick-up ronronnait quand le téléphone de Louise sonna. Soucieuse de ne pas commettre d'infraction, elle se contenta de lire le nom qui s'affichait sur l'écran. Un peu plus loin, elle sortit de l'autoroute pour s'arrêter sur une aire de repos. Antoine ne s'aperçut de rien, pas plus que Woopie qui dormait à ses pieds.

— Faustine, c'est Louise ! dit-elle après avoir actionné le rappel automatique. On rentre. C'est moi qui conduis, je vous expliquerai… Non, je peux pas vous le passer, il dort… On est sur l'autoroute, on devrait arriver dans moins d'une heure… Allô ?

La batterie avait rendu l'âme. Avant de repartir, elle fouilla dans le sac à dos d'Antoine, à la recherche d'une carte bleue pour le péage. En redémarrant dans la nuit, elle eut le sentiment que tout cela n'était pas réel et eut une pensée pour son père qui lui reprochait son manque de maturité.

24.

En entendant le téléphone fixe sonner, Léa se raidit dans le fauteuil où elle avait passé l'après-midi. Instinctivement, elle sut qu'il s'agissait du voisin de son père qui prévenait Faustine du retour du pick-up. Elle attendit d'en avoir la confirmation et se prépara à l'épreuve qui l'attendait.

— Ça va bien se passer, ne vous en faites pas !

Depuis qu'elle l'avait invitée chez elle, Faustine s'était montrée bienveillante et discrète. Elle avait raconté tout ce qu'elle pouvait sur son père : leur première virée sur la route des vins, la dégustation à Beaune, les livres qu'ils avaient classés ensemble dans la bibliothèque, les croque-monsieur à la Antoine, dont il ne fallait pas dévoiler la recette… Léa la connaissait, c'étaient ses préférés, ceux qu'il préparait quand elle venait passer le week-end chez lui avec Simon. Chaque anecdote révélait une pudeur et une délicatesse qu'elle n'avait jamais connues. Dans aucun de ses souvenirs ne figurait l'image d'un père spirituel ou simplement souriant. Faustine lui avait aussi appris comment il s'était occupé de Louise, oiseau tombé du nid à qui il avait redonné confiance. Les photos qu'elle avait prises de lui parlaient d'elles-mêmes, c'était un homme bon, que l'on avait envie d'avoir à ses côtés. Léa ne l'avait pas interrompue et comprenait pourquoi cette femme, dont elle ignorait l'existence quelques heures auparavant, s'était prise d'affection pour son père.

Elles enfilaient leur manteau quand la sonnerie de l'interphone retentit. Sur l'écran, Louise trépignait. Faustine sortit à sa rencontre, suivie de Léa.

— Je me suis garée devant chez lui, expliqua l'adolescente dès qu'elle les vit arriver. Je n'ai pas réussi à le réveiller, il faut m'aider, je ne sais pas ce qu'il a !

Déjà, Louise retournait au pas de course rue des Lupins, invitant les deux femmes à la suivre. Arrivée la première devant le 63, elle s'approcha du pick-up, mais ne vit personne à l'intérieur.

— C'est pas vrai ! Il est où, maintenant ? gémit-elle en regardant désespérément autour d'elle.

Elle était sur le point de craquer nerveusement lorsqu'elle sentit une main rassurante sur son épaule. Léa venait d'arriver et lui indiquait l'étage de la maison où une lumière s'était allumée.

— Je crois qu'il est rentré chez lui, dit-elle calmement.

Louise leva les yeux et souffla. L'adrénaline avait fait un bond dans son sang, le dernier de la journée si possible.

— Vous êtes tous comme ça dans la famille ?

La question était posée innocemment et Léa préféra sourire.

En arrivant à son tour, Faustine comprit qu'il était trop tard pour les présentations. Elle s'engagea dans l'allée, ouvrit la porte de la maison et disparut à l'intérieur. Louise et Léa lui emboîtèrent le pas, la première à la recherche d'un verre d'eau et d'une prise pour recharger son portable, la seconde de son courage pour affronter la situation.

— Si vous voulez, on y va ensemble, proposa Faustine. Je m'assure que tout va bien, ensuite je vous laisse.

Léa accepta, soulagée de ne pas avoir à monter seule.

— Vous ne voulez pas savoir ce qui s'est passé ? s'étonna Louise.

Les deux femmes se regardèrent, confuses, prenant conscience avec retard de l'apparence de l'adolescente. Ses cheveux longs semblaient ne pas avoir été coiffés depuis des semaines, ses pommettes étaient creusées par la fatigue, quant au bas de son pantalon, il était trempé jusqu'aux tibias. Si elle s'était réchauffée dans la voiture, des frissons lui parcouraient encore le dos, souvenirs d'un après-midi sous la pluie glacée.

— Pardon, tu as raison ! s'excusa Faustine.

Louise balaya sa rancœur et fit un récit rapide de la journée, sans chercher à prendre parti, comprendre ou épargner qui que ce soit. C'était uniquement factuel, chacune en tirerait les conclusions qu'elle voudrait. Léa retenait difficilement ses larmes, mesurant l'impact qu'avait eu l'annonce de sa venue sur son père. Il était trop tard pour s'en vouloir, mais elle ne pouvait pas s'empêcher de songer à la culpabilité qu'elle aurait ressentie s'il était mort.

— Merci de l'avoir ramené, dit-elle. Je comprends pourquoi il t'aime autant.

Dans le regard de Faustine étincelait une admiration sans bornes. Elle n'avait plus une jeune fille devant elle, mais une adulte responsable, sûre d'elle et déterminée, capable de prendre des décisions capitales là où d'autres auraient tergiversé.

— Tu dois avoir faim, non ?

— Un peu.

— Je m'en occupe. Tu veux peut-être aussi prendre une douche, ça te fera du bien ! Tu as besoin d'appeler tes parents ?

— D'abord, je monte avec vous voir comment il va.

Ni Faustine ni Léa ne songèrent un instant à s'y opposer. Après ce qu'elle avait fait pour Antoine, Louise avait tous les droits.

Tandis qu'elles montaient l'escalier en file indienne, les trois générations de femmes perçurent un grondement qu'elles mirent du temps à identifier. En arrivant dans la chambre éclairée par une lampe de chevet, elles reconnurent le puissant ronflement d'Antoine. Ses chaussures humides, son pantalon et son pull traînaient par terre, tandis qu'il dormait profondément, bouche ouverte comme un bienheureux, Woopie couché à ses côtés.

— Vous m'avez parlé de pudeur et de délicatesse cet après-midi, chuchota Léa à l'intention de Faustine. Vous êtes sûre qu'il s'agit du même homme ?

— J'ai un doute. Je vous dirai ça quand il se réveillera.

Toutes les trois restèrent ainsi à le regarder, mères protectrices, rassurées et émues devant sa béatitude muette, ignorant que sous son oreiller se trouvaient les deux lettres qu'il avait retirées de la table du salon. Elles n'étaient plus d'actualité et personne ne saurait jamais qu'il les avait écrites.

En redescendant, Léa aperçut une enveloppe coincée derrière la porte et se rappela l'agent immobilier croisé plus tôt. Elle vit qu'elle n'était pas cachetée et l'ouvrit. Il s'agissait de la copie d'un échange de mails entre un certain Delannoy et le maire de la ville, à propos d'une menace de pollution au plomb qui saurait convaincre ceux qui refusaient de vendre leur maison. Faustine l'éclaira sur le fond de l'affaire. Elle ignorait comment Antoine s'était débrouillé pour l'obtenir, mais ce document allait changer pas mal de choses.

Le père de Louise débarqua avec la ferme intention de ramener sa fille à la maison, avant de se radoucir en écoutant Faustine dresser un portrait d'elle qu'il ne connaissait pas. L'ancienne prof de français se montra même assez habile pour l'attirer jusqu'à l'ordinateur et lui présenter quelques-unes des photos prises par sa fille, notamment celles d'Antoine devant le chalet abandonné. S'il eut d'abord du mal à croire que Louise en était l'auteure, il admit en homme intelligent qu'elle avait du talent. Il n'était pas encore question d'école de photographie, mais l'idée qu'elle possédait un avenir dans le métier faisait son chemin. Profitant de cette soudaine ouverture d'esprit, Faustine le rassura sur un autre point : Louise était ici en sécurité, disposait d'une chambre dans laquelle elle pouvait dormir, et serait ramenée chez elle en voiture dans la matinée. À une voix contre trois, il céda, embarrassé d'avouer à quel point il connaissait mal sa fille. Il proposa même de faire un aller-retour jusqu'à la maison pour lui rapporter des vêtements propres.

La nouvelle de la disparition d'Antoine n'avait pas traîné à faire le tour de Saint-Ambroise. Toute la soirée, des voisins vinrent frapper à la porte pour savoir comment il allait. Léa fit la connaissance de Francis, de Norbert, de Clément, puis de Martine, d'Anita, de Sabine et d'autres dont elle finit par mélanger les prénoms. Joachim fut le plus difficile à rassurer et dit à plusieurs reprises qu'en cas de besoin il était joignable toute la nuit et pouvait rouvrir son épicerie. Suzie, elle, avait apporté ce qui lui restait de bourguignon, s'était invitée à table et n'en revenait pas de ce que Louise avait accompli. Elle était par ailleurs très fière du rôle que son génépi avait joué en réchauffant Antoine quand il aurait pu mourir de froid et elle envisageait d'en faire un slogan pour en dynamiser les ventes.

Lorsque Suzie fut rentrée chez elle, Léa ressentit le besoin de partager les souvenirs qui lui venaient par bribes. Faustine l'écouta sans l'interrompre, consciente qu'elle était en train de retisser des liens avec son père. Louise resta un moment, avant de s'éclipser dans le bureau. Elle avait des centaines de photos à visionner, celles de la soirée à la brasserie et celles prises dans la forêt.

Trois heures plus tard, tout le monde dormait. Faustine et Léa dans leurs fauteuils, Louise les bras en croix devant l'écran en veille. Épuisées par le stress de la journée, elles n'entendirent pas l'eau couler à l'étage. Antoine descendit alors, surveillé de près par Woopie. Lorsqu'il entra dans la chambre où elle s'était endormie, l'adolescente, en s'éveillant, bouscula le clavier. L'écran se ralluma aussitôt et Antoine découvrit le portrait qu'elle avait fait de lui au refuge, alors qu'il mangeait son sandwich à côté du feu. C'était la photo parfaite – son cadre, sa lumière et l'émotion qu'elle avait su capter –, celle d'un homme perdu cachant mal sa détresse.

— Je ne sais pas quoi dire, murmura-t-il.

Elle se leva et le vit tel qu'elle l'avait toujours connu, sagement coiffé et sentant bon, habillé d'un peignoir pied-de-poule gris-rose. Il avait même pris soin de maquiller les restes du coquard hérité de sa bagarre avec Enzo. Louise ne sut faire autrement que de se jeter dans ses bras, laissant enfin couler les larmes qu'elle avait retenues depuis qu'elle l'avait retrouvé au bord du précipice.

— Merci, Louise ! Merci pour ce que tu as fait et pour ce que tu es !

— Ne faites plus jamais une connerie pareille, s'il vous plaît !

Il le lui promit en la serrant un peu plus fort, puis s'écarta pour aller retrouver celles qu'il avait abandonnées.

Quand il arriva dans le salon, Léa était debout, tout juste réveillée et légèrement hagarde. Dans le sourire douloureux qui se dessinait sur son visage, Antoine perçut l'immense gâchis dont il était responsable. Il s'avança vers elle, inquiet des premiers mots qu'elle allait prononcer.

– Je suis la seule à ne pas connaître Monsieur Antoine, dit-elle. J'aimerais que tu m'apprennes à l'aimer, moi aussi.

Léa avait choisi. Tout l'après-midi et une partie de la soirée, elle avait mesuré à quel point il comptait pour les gens de Saint-Ambroise. Après avoir perdu un frère, elle ne voulait pas perdre un père qui avait tant œuvré pour se racheter.

Comme Louise l'avait fait un instant plus tôt avec lui, Antoine enlaça sa fille et la tint serrée aussi fort qu'il put. Sur sa hanche, la main bienveillante de Faustine l'accompagnait de tout son amour.

Remerciements

Après avoir écrit dix romans, je reste impressionné par la somme de talents et d'énergies qu'il faut déployer pour que l'un d'eux parvienne entre les mains d'une lectrice ou d'un lecteur.

Je ne remercierai jamais assez Édith et Renaud Leblond pour leur confiance et leur enthousiasme, Sarah Hirsch, tellement précise et précieuse pour son travail de relecture, Ève Sorin, la boss des correctrices, Bruno, aux manettes pour faire de jolies couvertures, et Stéphanie Le Foll, qui ne lâche jamais rien dès qu'il s'agit de promouvoir un roman. XO est une petite famille, Mireille Calmel m'en a ouvert la porte, Bernard Fixot m'y a accueilli avec tellement de gentillesse. J'ai même eu du mal à croire, ce jour-là, que ce pouvait être aussi simple.

Merci à mon père qui lit et corrige avec la même bienveillance depuis des années, à ma mère, à ma femme et à mes filles qui attendent de nouvelles histoires. Elles ne le savent peut-être pas, elles sont un moteur.

Je remercie également les libraires, les blogueuses et les blogueurs, les fidèles, les curieuses et les curieux qui passent me voir dans les Salons, les lectrices et les lecteurs du premier jour, celles et ceux qui me découvrent dans leur librairie et laissent sur la Toile des commentaires souvent touchants.

Dix romans en dix ans, un anniversaire que je partage avec vous toutes et vous tous.

Composition et mise en pages
Nord Compo à Villeneuve-d'Ascq

Achevé d'imprimer sur Roto-Page
par l'Imprimerie Floch à Mayenne
en décembre 2023

N° d'édition : 5081/01 – N° d'impression : 103844
Dépôt légal : janvier 2024

Imprimé en France